LE RHIN

II

TYPOGRAPHIE DE CH. LAHURE
Imprimeur du Sénat et de la Cour de Cassation
rue de Vaugirard, 9

VICTOR HUGO

LE RHIN

II

COLLECTION HETZEL

PARIS
LIBRAIRIE DE L. HACHETTE ET Cie
RUE PIERRE-SARRAZIN, N° 14

1858

LETTRE XVIII

BACHARACH.

Les harmonies des vieilles femmes et des rouets. — Bacharach. — Bric-à-brac. — Les girouettes et les tourelles. — Les goîtreux et les jolies filles. — L'auteur est plongé dans l'admiration. — Une des malices que Sibo de Lorch faisait aux gnomes. A ville sévère paysage féroce. — L'auteur laisse entrevoir sa haine pour les façades blanches à contrevents verts. — Il appelle effroyable ce qu'il trouve admirable. — Où diable une marchande de modes va-t-elle se nicher? — L'auteur se souvient de ce que Thésée dit au lion dans le *Songe d'une nuit d'été*. — Le *Wildes Gefæhrt*. — Les grâces de Bacharach. — Quatre mots sur Frédéric II. — Effet que fait un voyageur aux gens de Bacharach. — L'Europe, la civilisation et le dix-neuvième siècle accrochés à un clou dans un cabinet. — Symptômes graves. — Ce que c'était que cette chose gaie, jolie et charmante que l'auteur avait sous sa croisée. — Saint-Werner.

Lorch, 23 août.

Je suis en ce moment dans les vieilles villes les plus jolies, les plus honnêtes et les plus inconnues du monde. J'habite des intérieurs de Rembrandt avec des cages pleines d'oiseaux aux fenêtres, des lanternes bizarres au plafond, et, dans le coin des chambres, des degrés en colimaçon qu'un rayon de soleil escalade lentement. Une vieille femme et un rouet à pieds torses bougonnent dans l'ombre ensemble à qui mieux mieux.

J'ai passé trois jours à Bacharach, façon de cour des Miracles oubliée au bord du Rhin par le bon goût voltairien, par la révolution française, par les batailles de Louis XIV, par les canonnades de 97 et de 1805, et par les architectes élégants et sages qui font des maisons en forme de commodes et de secrétaires. Bacharach est bien le plus antique monceau d'habitations humaines que j'aie vu de ma vie. Auprès de Bacharach, Oberwesel, Saint-Goar et Andernach sont des rues de Rivoli et des cités Bergère. Bacharach est l'ancienne Bacchi ara. On dirait qu'un géant, marchand de bric-à-brac, voulant tenir boutique sur le Rhin, a pris une montagne pour étagère et y a disposé du haut en bas, avec son goût de géant, un tas de curiosités énormes. Cela commence sous le Rhin même. Il y a là, à fleur d'eau, un rocher volcanique selon les uns, un peulven celtique selon les autres, un autel romain selon les derniers, qu'on appelle l'*ara Bacchi*. Puis, au bord du fleuve, deux ou trois vieilles coques de navires vermoulues, coupées en deux et plantées debout en terre, qui servent de cahutes à des pêcheurs. Puis, derrière les cahutes, une enceinte jadis crénelée, contre-butée par quatre tours carrées les plus ébréchées, les plus mitraillées, les plus croulantes qu'il y ait. Puis contre l'enceinte même, où les maisons se sont percé des fenêtres et des galeries, et au delà sur le pied de la montagne, un indescriptible pêle-mêle d'édifices amusant, masures bijoux, tourelles fantasques, façades bossues, pignons impossibles dont le double escalier porte un clocheton poussé comme une asperge sur chacun de ses degrés, lourdes poutres dessinant sur des cabanes de délicates arabesques, greniers en volutes, balcons à jour, cheminées figurant des tiares et des couronnes philosophiquement pleines de fumée, girouettes extravagantes, lesquelles ne sont plus des girouettes, mais des lettres majuscules de vieux manuscrits découpées dans la tôle à l'emporte-pièce, qui grincent au vent. (J'ai eu entre autres au-dessus de ma tête un R qui passait toute la nuit à se nommer : — rrrr.) Dans cet admirable fouillis une place, — une place tortue, faite par des blocs de maisons tombés du ciel au hasard, qui a plus de baies, d'îlots, de récifs et de promontoires qu'un golfe de Norwége. D'un côté de cette place deux polyèdres composés de constructions gothiques, surplombant, penchés, grimaçant, et se tenant effrontément debout contre toute géométrie et tout équilibre. De l'autre côté une belle et rare église romane, percée d'un portail à losanges, surmontée d'un haut clocher militaire, cordonné à l'abside d'une galerie de petites archivoltes à colonnettes de marbre noir, et partout incrustée de tombes de la renaissance comme une châsse de pierreries. Au-dessus de l'église byzantine, à mi-côte, la ruine d'une autre église, du quinzième siècle, en grès rouge, sans portes, sans toit et sans vitraux, magnifique squelette qui se profile fièrement sur le ciel. Enfin, pour couronnement, au haut de la montagne, les décombres et les arrachements couverts de lierre d'un schloss, le château de Stalech, résidences de comtes palatins au douzième siècle. Tout cela est Bacharach.

Ce vieux bourg-fée, où fourmillent les contes et les légendes, est occupé par une population d'habitants pittoresques, qui tous, les anciens et les jeunes, les marmots et les grands-pères, les goîtreux et les jolies filles, ont dans le regard, dans le profil et dans la tournure je ne sais quels airs du treizième siècle.

Ce qui n'empêche pas les jolies filles d'y être très-jolies; au contraire.

Du haut du schloss on a une vue immense, et l'on découvre dans les embrasures des montagnes cinq autres châteaux en ruines; sur la rive gauche, Furstemberg, Sonneck et Heimburg; de l'autre côté du fleuve, à l'ouest, on entrevoit le vaste Gutenfels, plein du souvenir de Gustave-Adolphe; et vers l'est, au-dessus d'une vallée qui est le fabuleux Wisperthal, au faîte d'une colline, sur une petite éminence qui lui sert de piédestal, cette boîte de noires tours qui ressemble à l'ancienne Bastille de Paris, c'est le manoir inhospitalier dont Sibo de Lorch refusait d'ouvrir la porte aux gnomes dans les nuits d'orage.

Bacharach est dans un paysage farouche. Des nuées presque toujours accrochées à ses hautes ruines, des rochers abrupts, une eau sauvage, enveloppent dignement cette vieille ville sévère, qui a été romaine, qui a été romane, qui a été gothique, et qui ne veut pas devenir moderne. Chose remarquable, une ceinture d'écueils qui l'entoure de toutes parts empêche les bateaux à vapeur d'aborder et tient la civilisation à distance.

Aucune touche discordante, aucune façade blanche à contrevents verts ne dérange l'austère harmonie de cet ensemble. Tout y concourt, jusqu'à ce nom, *Bacharach*, qui semble un ancien cri des bacchanales, accommodé pour le sabbat.

Je dois pourtant dire, en historien fidèle, que j'ai vu une marchande de modes installée avec ses rubans roses et ses bonnets blancs sous une effroyable ogive toute noire du douzième siècle.

Le Rhin mugit superbement autour de Bacharach. Il semble qu'il aime et qu'il garde avec orgueil sa vieille cité. On est tenté de lui crier : *Bien rugi, lion !* A une portée d'arquebuse de la ville il s'engouffre et tourne sur lui-même dans un entonnoir de rochers en imitant l'écume et le bruit de l'Océan. Ce mauvais pas s'appelle le *Wildes Gifœhrt.* Il est tout à la fois beaucoup plus effrayant et beaucoup moins dangereux que la Bank de Saint-Goar. — Il ne faut pas juger des gouffres, etc.

Quand le soleil écarte un nuage et vient rire à une lucarne du ciel, rien n'est plus ravissant que Bacharach. Toutes ces façades décrépites et rechignées se dérident et s'épanouissent. Les ombres des tourelles et des girouettes dessinent mille angles bizarres. Les fleurs — il y a là des fleurs partout — se mettent à la fenêtre en même temps que les femmes, et sur tous les seuils apparaissent, par groupes gais et paisibles, les enfants et les vieillards, se réchauffant pêle-mêle au rayon de midi, — les vieillards avec ce pâle sourire qui dit : *Déjà plus!* les enfants avec ce doux regard qui dit : *Pas encore!*

Au milieu de ce bon peuple va et vient et se promene un sergent prussien en uniforme avec une mine entre chien et loup.

Du reste, que ce soit esprit du pays, que ce soit jalousie de la Prusse, je n'ai pas vu dans les cadres qui pendent aux murailles des auberges d'autre grand homme que ce conquérant au profil quelque peu rococo, cette espèce de Napoléon-Louis XV, vrai héros, vrai penseur et vrai prince d'ailleurs, qu'on appelle Frédéric II.

A Bacharach un passant est un phénomène. On n'est pas seulement étranger, on est étrange. Le voyageur est regardé et suivi avec des yeux effarés. Cela tient à ce que, hors quelques pauvres peintres cheminant à pied, le sac sur le dos, personne ne daigne visiter l'antique capitale répudiée des comtes palatins, affreux trou dont s'écartent les dampfschiffs et que tous les répertoires du Rhin qualifient de *ville triste.*

Cependant je dois avouer encore qu'il y avait dans un cabinet voisin de ma chambre une lithographie représentant l'EUROPE, c'est-à-dire deux belles dames décolletées et un beau monsieur à moustaches chantant autour d'un piano, accompagnés de ce quatrain folâtre peu digne de Bacharach :

L'EUROPE.

L'Europe enchanteresse où *la* France en jouant
Donne partout les lois de sa mode éphémère.
Les plaisirs, les beaux-arts et le sexe charmant
Sont les cultes chéris de cette heureuse terre.

La marchande de modes avec ses rubans roses, cette lithographie et ce quatrain-empire, c'est l'aube du dix-neuvième siècle qui commence à poindre à Bacharach.

J'avais sous ma croisée tout un petit monde heureux et charmant. C'était une sorte d'arrière-cour attenante à l'église romane, d'où l'on peut monter par un roide escalier en lave jusqu'aux ruines de l'église gothique. Là jouaient tout le jour, avec les hautes herbes jusqu'au menton, trois petits garçons et deux petites filles qui battaient volontiers les trois petits garçons. Ils pouvaient bien avoir à eux cinq une quinzaine d'années. Le gazon, légèrement ondulé par endroits, était tellement épais, qu'on ne voyait pas la terre. Sur ce gazon se dressaient joyeusement deux tonnelles vertes chargées de magnifiques raisins. Au milieu des pampres, deux mannequins-épouvantails, costumés en Lubins d'opéra-comique, emperruqués et coiffés d'affreux tricornes, s'efforçaient de faire peur aux petits oiseaux, ce qui n'empêchait pas d'abonder sur ces grappes les verdiers, les bergeronnettes et les hochequeues. Dans tous les coins du jardinet, des gerbes étoilées de soleils, de roses-trémières et de reines-marguerites, éclataient comme les bouquets d'un feu d'artifice. Autour de ces touffes flottait sans cesse une neige vivante de papillons blancs auxquels se mêlaient des plumes échappées d'un colombier voisin. Chaque fleur et chaque grappe avait en outre sa nuée de mouches de toutes couleurs qui resplendissaient au soleil. Les mouches bourdonnaient, les enfants babillaient et les oiseaux chantaient, et le bourdonnement des mouches, le babil des enfants et le chant des oiseaux se découpaient sur un roucoulement continu de colombes et de tourterelles.

Le soir de mon arrivée, après avoir admiré jusqu'à la nuit ce réjouissant jardin, l'escalier en lave s'offrit à moi et il me prit fantaisie de monter, par un beau clair d'étoiles, jusqu'aux ruines de l'église gothique, laquelle était dédiée à saint Werner, qui fut martyrisé à Oberwesel. Après avoir gravi les soixante ou quatre-vingts marches sans rampe et sans garde-fou, j'arrivai sur la plate-forme tapissée d'herbe, où s'enracine puissamment la belle nef démantelée. Là, pendant que la ville dormait dans une ombre profonde sous mes pieds, je contemplais le ciel et les ruines difformes du château palatin à travers le fenestrage noir des meneaux et des rosaces. Un doux vent de nuit courbait à peine les folles avoines desséchées. Tout à coup je sentis que la terre pliait et s'enfonçait sous moi. Je baissai les yeux, et, à la lueur des constellations, je reconnus que je marchais sur une fosse fraîchement creusée. Je regardai autour de moi; des croix noires avec des têtes de mort blanches surgissaient vaguement de toutes parts. Je me rappelai alors les molles ondulations du terrain d'en bas. J'avoue qu'en ce moment-là je ne pus me défendre de cette espèce de frisson que donne l'inattendu. Mon charmant jardinet plein d'enfants, d'oiseaux, de colombes, de papillons, de musique, de lumière, de vie et de joie, était un cimetière.

LETTRE XIX

FEUER! FEUER!

Comment on est réveillé à Bacharach. — Comment on est réveillé à Lorches. — L'échelle du diable. — Gilgen. — La fée Ave. — Le chevalier Heppius. — L'auteur va en Chine. — L'auteur recommande Lorch aux ivrognes. — Comment il se fait qu'une feuille de papier blanc devient rouge. — L'auteur ouvre sa croisée. — Effrayant spectacle qu'il voit. — *Feuer! Feuer!* — Silhouettes de gens en chemise. — L'auteur monte dans le grenier. — Le spectacle reste effrayant et devient magnifique. — L'auteur assiste à la plus éternelle de toutes les luttes et au plus ancien de tous les combats. — Paysage vu à travers cela. — Grande chose pleine de petites, comme toutes les grandes choses. — Feux de veuve. — Croisées qui s'ouvrent et qui se ferment. — Les flammes bleues. — Les poutres qui se dandinent. — Le papier à fleurs. — Première bucolique, le berger qui joue avec la bergère. — Deuxième bucolique, l'arbre qui joue avec le feu. — Les Anglaises. — Les marmots. — La catastrophe. — Ce qui reste de la chose à quatre heures du matin. — Propreté des servantes — Probité des paysans. — Histoire de l'Anglais qui soupe et qui se couche et qui ne se dérange pas.

Lorch, août.

A Bacharah, minuit venu, on se couche, on ferme les yeux, on laisse tomber les idées qu'on a portées toute la journée, on arrive à cet instant où l'on a en soi tout ensemble quelque chose d'éveillé et quelque chose d'endormi, où le corps fatigué se repose déjà, où la pensée opiniâtre travaille encore, où il semble que le sommeil se sente vivre et que la vie se sente sommeiller. Tout à coup un bruit perce l'ombre et parvient jusqu'à vous, un bruit singulier, inexprimable, horrible, une espèce de grondement fauve, à la fois menaçant et plaintif, qui se mêle au vent de la nuit et qui semble venir de ce haut cimetière situé au-dessus de la ville où vous avez vu le matin même les onze gargouilles de pierre de l'église écroulée de Saint-Werner ouvrir la gueule comme si elles se préparaient à hurler. Vous vous réveillez en sursaut, vous vous dressez sur votre séant, vous écoutez : — Qu'est cela? — C'est le crieur de nuit qui souffle dans sa trompe et qui avertit la ville que tout est bien, qu'elle peut dormir tranquille. Soit; mais je ne crois pas qu'il soit possible de rassurer les gens d'une manière plus effrayante.

A Lorch on peut être réveillé d'une façon encore plus dramatique.

Mais d'abord, mon ami, laissez-moi vous dire ce que c'est que Lorch.

Lorch est un gros bourg d'environ dix-huit cents habitants, situé sur la rive droite du Rhin et se prolongeant en équerre le long de la Wisper, dont il marque l'embouchure. C'est la vallée des contes et des fables; c'est le pays des petites fées-sauterelles. Lorch est placé au pied de l'Echelle-du-Diable, haute roche presque à pic que le vaillant Gilgen escalada à cheval pour aller chercher sa fiancée, cachée par les gnomes sur le sommet du mont. C'est à Lorch que la fée Ave inventa, disent les légendes, l'art de faire du drap pour vêtir son amant, le frileux chevalier romain Heppius, — lequel a donné son nom à Heppenheim. Il est remarquable, soit dit en passant, que, chez tous les peuples et dans toutes les mythologies, l'art de tisser les étoffes a été inventé par une femme : pour les Egyptiens, c'est Isis; pour les Lydiens, Arachné; pour les Grecs, Minerve; pour les Péruviens, Menacella, femme de Manco-Capac; pour les villages du Rhin, c'est la fée Ave. Les Chinois seuls attribuent cette imagination à un homme, l'empereur Yas; et encore pour les Chinois l'empereur n'est-il pas un homme, c'est un être fantastique dont la réalité disparait sous les titres bizarres dont ils l'affublent. Ils ne connaissent pas sa nature, car ils l'appellent le *Dragon;* ils ignorent son âge, car ils l'appellent *Dix-Mille-Ans;* ils ne savent pas son sexe, car ils l'appellent la *Mère.* Mais que vais-je faire en Chine? Je reviens à Lorch. Pardonnez-moi l'enjambée.

Le premier vin rouge du Rhin s'est fait à Lorch. Lorch existait avant Charlemagne et a laissé trace dans des chartes de 732. Henri III, archevêque de Mayence, s'y plaisait et y résida en 1348. Aujourd'hui il n'y a plus à Lorch ni chevaliers romains, ni fées, ni archevêques; mais la petite ville est heureuse, le paysage est magnifique, les habitants sont hospitaliers. La belle maison de la Renaissance qui est au bord du Rhin a une façade aussi originale et aussi riche en son genre que celle de notre manoir français de Meillan. La forteresse fabuleuse du vieux Sibo protége le bourg, que menace de l'autre rive du fleuve le château historique de Furstemberg avec sa grande tour, ronde au dehors, hexagone au dedans. Et rien n'est charmant comme de voir prospérer joyeusement cette petite colonie vivace de paysans entre ces deux effrayants squelettes qui ont été deux citadelles.

Maintenant voici comment une de mes nuits a été troublée à Lorch :

L'autre semaine, il pouvait être une heure du matin, tout le bourg dormait, j'écrivais dans ma chambre, lorsque tout à coup je m'aperçois que mon papier est devenu rouge sous ma plume. Je lève les yeux, je n'étais plus éclairé par ma lampe, mais par mes fenêtres. Mes deux fenêtres s'étaient changées en deux grandes tables d'opale rose à travers lesquelles se répandait autour de moi une réverbération étrange. Je les ouvre, je regarde. Une grosse voûte de flamme et de fumée se courbait à quelques toises au-dessus de ma tête avec un bruit effrayant. C'était tout simplement l'hôtel P., le gasthaus voisin du mien, qui avait pris feu et qui brûlait.

En un instant l'auberge se réveille, tout le bourg est sur pied, le cri *Feuer! feuer!* emplit le quai et les rues, le tocsin éclate. Moi, je ferme mes croisées et j'ouvre ma porte. Autre spectacle. Le grand escalier de bois de mon gasthaus, touchant presque à la maison incendiée et éclairé par de larges fenêtres, semblait lui-même tout en feu; et sur cet escalier, du haut en bas, se heurtait, se pressait et se foulait une cohue d'ombres surchargées de silhouettes bizarres. C'était toute l'auberge qui déménageait, l'un en caleçon, l'autre en chemise, les voyageurs avec leurs malles, les domestiques avec les meubles. Tous ces fuyards étaient encore à moitié endormis. Personne ne criait ni ne parlait. C'était le bruit d'une fourmilière.

Un horrible flamboiement remplissait les intervalles de toutes les têtes.

Quant à moi, car chacun pense à soi dans ces moments-là, j'ai fort peu de bagage, j'étais logé au premier, et je ne courais d'autre risque que d'être forcé de sortir de la maison par la fenêtre.

Cependant un orage était survenu, il pleuvait à verse. Comme il arrive toujours lorsqu'on se hâte, l'hôtel se vidait lentement; et il y eut un instant d'affreuse confusion. Les uns voulaient entrer, les autres sortir; les gros meubles descendaient lourdement des fenêtres attachés à des cordes, les matelas, les sacs de nuit et les paquets de linge tombaient du haut du toit sur le pavé; les femmes s'épouvantaient, les enfants pleuraient; les paysans, réveillés par le tocsin, accouraient de la montagne avec leurs grands chapeaux ruisselant d'eau et leurs seaux de cuir à la main. Le feu avait déjà gagné le grenier de la maison, et l'on se disait qu'il avait été mis exprès à l'auberge P.; circonstance qui ajoute toujours un intérêt sombre et une sorte d'arrière-scène dramatique à un incendie.

Bientôt les pompes sont arrivées, les chaînes de travailleurs se sont formées, et je suis monté dans le grenier, énorme enchevêtrement, à plusieurs étages, de charpentes pittoresques comme en recouvrent tous ces grands toits d'ardoise des bords du Rhin. Toute la charpente de la maison voisine brûlait dans une seule flamme. Cette immense pyramide de braise, surmontée d'un vaste panache rouge que secouait le vent de l'orage, se penchait avec des craquements sourds sur notre toit, déjà allumé et petillant çà et là. La question était sérieuse; si notre toit prenait feu, dix maisons à coup sûr, et peut-être avec l'aide du vent, le tiers de la ville brûlaient. La besogne a été rude. Il a fallu, sous les flammèches et les tourbillons d'étincelles, écorcer les ardoises d'une partie du toit et couper les pignons-girouettes des lucarnes. Les pompes étaient admirablement servies.

Des lucarnes du grenier, je plongeais dans la fournaise et j'étais pour ainsi dire dans l'incendie même. C'est une effroyable et admirable chose qu'un incendie vu à brûle-pourpoint. Je n'avais jamais eu ce spectacle; — puisque j'y étais, — je l'ai accepté.

Au premier moment, quand on se voit comme enveloppé dans cette monstrueuse caverne de feu où tout flambe, reluit, petille, crie, souffre, éclate et croule, on ne peut se défendre d'un mouvement d'anxiété; il semble que tout est perdu et que rien ne saura lutter contre cette force affreuse qu'on appelle le feu; mais dès que les pompes arrivent on reprend courage.

On ne peut se figurer avec quelle rage l'eau attaque son ennemi. A peine la pompe, ce long serpent qu'on entend haleter en bas dans les ténèbres, a-t-elle passé au-dessus du mur sombre son cou effilé et fait étinceler dans la flamme sa fine tête de cuivre, qu'elle crache avec fureur un jet d'acier liquide sur l'épouvantable chimére à mille têtes. Le brasier, attaqué à l'improviste, hurle, se dresse, bondit effroyablement, ouvre d'horribles gueules pleines de rubis et lèche de ses innombrables langues toutes les portes et les fenêtres à la fois. La vapeur se mêle à la fumée; des tourbillons blancs et des tourbillons noirs s'en vont à tous les souffles du vent et se tordent et s'étreignent dans l'ombre sous les nuées. Le sifflement de l'eau répond au mugissement du feu. Rien n'est plus terrible et plus grand que cet ancien et éternel combat de l'hydre et du dragon.

La force de la colonne d'eau lancée par la pompe est prodigieuse. Les ardoises et les briques qu'elle touche se brisent et s'éparpillent comme des écailles. Quand la charpente enfin s'est écroulée, magnifique moment où le panache écarlate de l'incendie a été remplacé au milieu d'un bruit terrible par une immense et haute aigrette d'étincelles, une cheminée est restée debout sur la maison comme une espèce de petite tour de pierre. Un jet de pompe l'a jetée dans le gouffre.

Le Rhin, les villages, les montagnes, les ruines, tout le spectre sanglant du paysage reparaissant à cette lueur, se mêlaient à la fumée, aux flammes, au glas continuel du tocsin, au fracas des pans du mur s'abattant tout entiers comme des ponts-levis, aux coups sourds de la hache, au tumulte de l'orage et à la rumeur de la ville. Vraiment c'était hideux, mais c'était beau.

Si l'on regarde les détails de cette grande chose, rien de plus singulier. Dans l'intervalle d'un tourbillon de feu et d'un tourbillon de fumée, des têtes d'hommes surgissent au bout d'une échelle. On voit ces hommes inonder, en quelque sorte à bout portant, la flamme acharnée qui lutte et voltige et s'obstine sous le jet même de l'eau. Au milieu de cet affreux chaos, il y a des espèces de réduits silencieux où de petits incendies tranquilles petillent doucement dans des coins comme un feu de veuve. Les croisées des chambres devenues inaccessibles s'ouvrent et se ferment au vent. De jolies flammes bleues frissonnent aux pointes des poutres. De lourdes charpentes se détachent du bord du toit et restent suspendues à un clou, balancées par l'ouragan au-dessus de la rue et enveloppées d'une longue flamme. D'autres tombent dans l'étroit entre-deux des maisons et établissent là un pont de braise. Dans l'intérieur des appartements, les papiers parisiens à bordures prétentieuses disparaissent et reparaissent à travers des bouffées de cendre rouge. Il y avait au troisième étage un pauvre trumeau Louis XV, avec des arbres-rocaille et des bergers de Gentil-Bernard, qui a lutté longtemps. Je le regardais avec admiration. Je n'ai jamais vu une églogue faire si bonne contenance. Enfin une grande flamme est entrée dans la chambre, a saisi l'infortuné paysage vert-céladon, et le villageois embrassant la villageoise, et Tircis cajolant Glycère s'en est allé en fumée. Comme pendant, un pauvre petit jardinet, affreusement arrosé de charbons ardents, brûlait au bas de la maison. Un jeune acacia, appuyé à un treillage embrasé, s'est obstiné à ne pas prendre feu et est resté intact pendant quatre heures, secouant sa jolie tête verte sous une pluie d'étincelles.

Ajoutez à cela quelques blondes et pâles Anglaises deminues sous l'averse à côté de leurs valises, à quelques pas de l'auberge, et tous les enfants du lieu riant aux éclats et battant des mains chaque fois qu'un jet de pompe se dispersait jusqu'à eux, et vous aurez une idée assez complète de l'incendie de l'hôtel P. — à Lorch.

Une maison qui brûle, ce n'est qu'une maison qui brûle; mais le côté vraiment triste de la chose, c'est qu'un pauvre homme y a été tué.

Vers quatre heures du matin, on était ce qu'on appelle *maître du feu;* le gasthaus P.—, toits, plafonds, escaliers et planchers effondrés, flambait entre ses quatre murs, et nous avions réussi à sauver notre auberge.

Alors, et presque sans entr'acte, l'eau a succédé au feu. Une nuée de servantes, brossant, frottant, épongeant, essuyant, a envahi les chambres, et en moins d'une heure la maison a été lavée du haut en bas.

Chose remarquable, rien n'a été dérobé. Tous ces effets déménagés en hâte, sous la pluie, au milieu de la nuit, ont été religieusement rapportés par les très-pauvres paysans de Lorch.

Au reste, ces accidents ne sont pas rares sur les bords du Rhin. Toute maison de bois contient un incendie, et ici les maisons de bois abondent. A Saint-Goar seulement, il y a en ce moment, à différentes places de la ville, quatre ou cinq masures faites par des incendies.

Le lendemain matin, je remarquai avec quelque surprise au rez-de-chaussée de la maison incendiée deux ou trois chambres fermées, parfaitement entières, au dessus desquelles tout cet embrasement avait fait rage sans y rien déranger. Voici à ce propos une historiette qu'on raconte dans le pays. Je ne la garantis pas. — Il y a quelques années, un Anglais arriva assez tard à une auberge de Braubach, soupa et se coucha. Dans le milieu de la nuit, l'auberge prend feu. On entre en hâte dans la chambre de l'Anglais. Il dormait. On le réveille. On lui explique la chose, et que le feu est au logis, et qu'il faut décamper sur-le-champ. — Au diable! dit l'Anglais, vous me réveillez pour cela! Laissez-moi tranquille. Je suis fatigué et je ne me lèverai pas. Sont-ils fous de s'imaginer que je vais me mettre à courir les champs en chemise à minuit! Je prétends dormir mes neuf heures tout à mon aise. Eteignez le feu si bon vous semble, je ne vous en empêche pas. Quant à moi, je suis bien dans mon lit, j'y reste. Bonne nuit, mes amis, à demain. — Cela dit, il se recoucha. Il n'y eut aucun moyen de lui faire entendre raison, et, comme le feu gagnait, les gens se sauvèrent, après avoir refermé la porte sur l'Anglais rendormi et ronflant. L'incendie fut terrible, on l'éteignit à grand'peine. Le lendemain matin, les hommes qui déblayaient les décombres arrivèrent à la chambre de l'Anglais, ouvrirent la porte et trouvèrent le voyageur à demi éveillé, se frottant les yeux dans son lit, qui leur cria en bâillant dès qu'il les aperçut : « Pourriez-vous me dire s'il y a un tire-bottes dans cette maison ? » Il se leva, déjeuna très-fort et repartit admirablement reposé et frais, au grand déplaisir des garçons du pays, lesquels comptaient bien faire avec la momie de l'Anglais ce qu'on appelle dans la vallée du Rhin un *bourgmestre sec*, c'est-à-dire un mort parfaitement fumé et conservé, qu'on montre pour quelques liards aux étrangers.

LETTRE XX

DE LORCH A BINGEN.

La langue légale et la langue française. — Loi. *Article unique:* Qui parlera français payera l'amende. — Théorie du voyage à pied. — Souvenirs. — Première aventure. — Note sur Claye. — Ce qui apparaît à l'auteur entre la quatrième et la cinquième ligne. — L'auteur voit des ours en plein midi. — Peinture gracieuse d'après nature. — L'auteur laisse entrevoir l'inexprimable plaisir que lui font les tragédies classiques. — Intéressant épisode de la mouche. — Incident. — Ce que signifie l'intervalle qui sépare les mots *entendre passer* des mots *les sérénades.* — Incident. — Incident. — Incident. — Incident. — Explication. — Cela n'empêche pas que l'auteur eût fort bien pu être accepté par ces saltimbanques à quatre pattes comme le dessert de leur déjeuner. — Deuxième aventure — G. — Histoire naturelle chimérique d'Aristote et de Pline. — En quels lieux les hommes font volontiers leurs plus monstrueuses inepties. — Incident. — Un rébus d'Horace. — D'où venait le vacarme. — Portraits de deux hommes admirés. — Tableau de beaucoup d'hommes qui admirent. — L'homme chevelu parle. — G. tressaille. — L'auteur écrit ce que dit le charlatan. — Dialogue de celui qui est en haut avec celui qui est en bas. — L'auteur éclate de rire et indigne tous ceux qui l'entourent. — Puissance de ce qui est inintelligible sur ce qui est inintelligent. — Mot amer de G. sur la troisième classe de l'Institut. — Dans quelles circonstances l'auteur voyage à pied. — Fursteneck. — L'auteur grimpe assez haut pour constater une erreur des antiquaires. — Cadenet, Luynes, Branbes. — L'auteur subit sur la grande route son examen de bachelier. — Heimberg. — Sonneck. — Falkenburg. — L'auteur va devant lui. — Noms et fantômes évoqués. — Contemplation. — Un château en ruine. — L'auteur y entre. — Ce qu'il y trouve. — Tombeau mystérieux. — Apparition gracieuse — L'auteur se met à parler anglais de la façon le plus grotesque. — Esquisse d'une théorie des femmes, des filles et des enfants. — Stella. — L'auteur, quoique découragé et humilié, s'aventure à faire quatre vers français. — Conjectures sur l'homme sans tête. — L'auteur cherche dans le Falkenburg les traces de Guntram et de Liba. — La langue de l'homme a de si singuliers caprices, que *Trajani Castrum* devient *Trecktlingshausen*. — L'auteur déjeune d'un gigot horriblement dur. — Sa grandeur d'âme à cette occasion — Paysage. — Saint-Clément. — Le Reichenstein. — Le Rheinstein. — Le Vaugtsberg. — L'auteur raconte des choses de son enfance. — Légende du mauvais archevêque. — Au neuvième siècle on était mangé par les rats sur le Rhin comme on l'est aujourd'hui à l'Opéra. — Moralité des contes différente de la moralité de l'histoire — *Mauth* et *Maüse*. — Comment une petite estampe encadrée de noir, accrochée au-dessus du lit d'un enfant devient pour lui quand il est homme une grande et formidable vision. — Crépuscule. — L'auteur se risque encore à faire des vers français. — Effrayante apparition entre deux montagnes de l'estampe encadrée de noir. — Le Maüsethurm. — Vertige. — L'auteur réveille un batelier qui se trouve là. — A quel trajet l'auteur se hasarde. — Le Bingerloch. — Réalités difformes et fantastiques vues au milieu de la nuit. — Ce que l'auteur trouve dans le lieu sinistre où il est allé. — Description minutieuse et détaillée de cette chose horrible et célèbre. — Salut au drapeau. — Arrivée à Bingen. — Visite au Klopp. — La Grande-Ourse.

Bingen, 27 août.

De Lorch à Bingen, il y a deux milles d'Allemagne, en d'autres termes, quatre lieues de France, ou seize *kilomètres*, dans l'affreuse langue que la loi veut nous faire, comme si c'était à la loi de faire la langue. Tout au contraire, mon ami, dans une foule de cas, c'est à la langue de faire la loi.

Vous savez mon goût. Toutes les fois que je puis continuer un peu ma route à pied, c'est-à-dire convertir le voyage en promenade, je n'y manque pas.

Rien n'est charmant, à mon sens, comme cette façon de voyager. — A pied! — On s'appartient, on est libre, on est joyeux; on est tout entier et sans partage aux incidents de la route, à la ferme où l'on déjeune, à l'arbre où l'on s'abrite, à l'église où l'on se recueille. On part, on s'arrête; on repart, rien ne gêne, rien ne retient. On va et on rêve devant soi. La marche berce la rêverie; la rêverie voile la fatigue. La beauté du paysage cache la longueur du chemin. On ne voyage pas, on erre. A chaque pas qu'on fait, il vous vient une idée. Il semble qu'on sente des essaims éclore et bourdonner dans son cerveau. Bien des fois, assis à l'ombre au bord d'une grande route, à côté d'une petite source vive d'où sortaient avec l'eau la joie, la vie et la fraîcheur, sous un orme plein d'oiseaux, près d'un champ plein de faneuses, reposé, serein, heureux, doucement occupé de mille songes, j'ai regardé avec compassion passer devant moi, comme un tourbillon où roule la foudre, la chaise de poste, cette chose étincelante et rapide qui contient je ne sais quels voyageurs lents, lourds, ennuyés et assoupis; cet éclair qui emporte des tortues. — Oh! comme ces pauvres gens, qui sont souvent des gens d'esprit et de cœur, après tout, se jetteraient vite à bas de leur prison, où l'harmonie du paysage se résout en bruit, le soleil en chaleur et la route en poussière, s'ils savaient toutes les fleurs que trouve dans les broussailles, toutes les perles que ramasse dans les cailloux, toutes les houris que découvre parmi les paysannes l'imagination ailée, opulente et joyeuse d'un homme à pied! *Musa pedestris.*

Et puis tout vient à l'homme qui marche. Il ne lui surgit pas seulement des idées; il lui échoit des aventures, et, pour ma part, j'aime fort les aventures qui m'arrivent.

S'il est amusant pour autrui d'inventer des aventures, il est amusant pour soi-même d'en avoir.

Je me rappelle qu'il y a sept ou huit ans j'étais allé à Claye, à quelques lieues de Paris. Pourquoi? Je ne m'en souviens plus. Je trouve seulement dans mon livre de notes ces quelques lignes. Je vous les transcris, parce qu'elles font, pour ainsi dire, partie de la chose quelconque que je veux vous raconter :

— « Un canal au rez-de-chaussée, un cimetière au premier étage, quelques maisons au second, voilà Claye. Le cimetière occupe une terrasse avec balcon sur le canal, d'où les mânes des paysans de Claye peuvent entendre passer les sérénades, s'il y en a, sur le bateau-poste de Paris à Meaux, qui fait quatre lieues à l'heure. Dans ce pays-là on n'est pas enterré, on est enterrassé. C'est un sort comme un autre. »

Je m'en revenais à Paris à pied; j'étais parti d'assez grand matin, et, vers midi, les beaux arbres de la forêt de Bondy m'invitant, à un endroit où le chemin tourne brusquement, je m'assis, adossé à un chêne, sur un talus d'herbe, les pieds pendants dans un fossé, et je me mis à crayonner sur mon livre vert la note que vous venez de lire.

Comme j'achevais la quatrième ligne, — que je vois aujourd'hui sur le manuscrit séparée de la cinquième par un assez large intervalle, — je lève vaguement les yeux et j'aperçois de l'autre côté du fossé, sur le bord de la route, devant moi, à quelques pas, un ours qui me regardait fixement. En plein jour on n'a pas de cauchemar; on ne peut être dupe d'une forme, d'une apparence, d'un rocher difforme ou d'un tronc d'arbre absurde. *Lo que puede un sastre* est formidable la nuit; mais à midi, par un soleil de mai, on n'a pas d'hallucinations. C'était bien un ours, un ours vivant, un véritable ours, parfaitement hideux du reste. Il était gravement assis sur son séant, me montrant le dessous poudreux de ses pattes de derrière, dont je distinguais toutes les griffes, ses pattes de devant mollement croisées sur son ventre. Sa gueule était entr'ouverte; une de ses oreilles, déchirée et saignante, pendait à demi; sa lèvre inférieure, à moitié arrachée, laissait voir ses crocs déchaussés; l'un de ses yeux était crevé, et avec l'autre il me regardait d'un air sérieux.

Il n'y avait pas un bûcheron dans la forêt, et le peu que je voyais du chemin à cet endroit-là était absolument désert.

Je n'étais pas sans éprouver quelque émotion. On se tire parfois d'affaire avec un chien en l'appelant *Fox*, *Soliman* ou *Azor;* mais que dire à un ours? D'où venait cet ours? Que signifiait cet ours dans la forêt de Bondy, sur le grand chemin de Paris à Claye? A quoi rimait ce vagabond d'un nouveau genre? — C'était fort étrange, fort ridicule, fort déraisonnable, et, après tout, fort peu gai. J'étais, je vous l'avoue, très-perplexe. Je ne bougeais pas cependant; je dois dire que l'ours, de son côté, ne bougeait pas non plus; il me paraissait même, jusqu'à un certain point, bienveillant. Il me regardait aussi tendrement que peut regarder un ours borgne. A tout prendre, il ouvrait bien la gueule, mais il l'ouvrait comme on ouvre une bouche. Ce n'était pas un rictus, c'était un bâillement; ce n'était pas féroce, c'était presque littéraire. Cet ours avait je ne sais quoi d'honnête, de béat, de résigné et d'endormi; et j'ai retrouvé depuis cette expression de physionomie à de vieux habitués de théâtre qui écoutaient des tragédies. En somme, sa contenance était si bonne que je résolus, aussi moi, de faire bonne contenance. J'acceptai l'ours pour spectateur, et je continuai ce que j'avais commencé. Je me mis donc à crayonner sur mon livre la cinquième ligne de la note ci-dessus, laquelle cinquième ligne, comme je vous le disais tout à l'heure, est sur mon manuscrit très-écartée de la quatrième; ce qui tient à ce que, en commençant à écrire, j'avais les yeux fixés sur l'œil de l'ours.

Pendant que j'écrivais, une grosse mouche vint se poser sur l'oreille ensanglantée de mon spectateur. Il leva lentement sa patte droite et la passa par-dessus son oreille avec le mouvement d'un chat. La mouche s'envola. Il la chercha du regard; puis, quand elle eut disparu, il saisit ses deux pattes de derrière avec ses deux pattes de devant, et, comme satisfait de cette attitude classique, il se remit à me contempler. Je déclare que je suivais ces mouvements variés avec intérêt.

Je commençais à me faire à ce tête-à-tête, et j'écrivais la sixième ligne de la note, lorsque survint un incident : un bruit de pas précipités se fit entendre dans la grande route, et tout à coup je vis déboucher du tournant un autre ours, un grand ours noir; le premier était fauve. Cet ours noir arriva au grand trot, et, apercevant l'ours fauve, vint se rouler gracieusement à terre auprès de lui. L'ours fauve ne daigna pas regarder l'ours noir, et l'ours noir ne daignait pas faire attention à moi.

Je confesse qu'à cette seconde apparition, qui élevait mes perplexités à la seconde puissance, ma main trembla. J'étais en train d'écrire cette ligne : « ..... peuvent entendre passer les sérénades. » Sur mon manuscrit, je vois aujourd'hui un assez grand intervalle entre ces mots : « *entendre passer* » et ces mots : « *les sérénades.* » Cet intervalle signifie : — *Un deuxième ours!*

Deux ours! pour le coup, c'était trop fort. Quel sens cela avait-il? A qui en voulait le hasard? Si j'en jugeais par le côté d'où l'ours noir avait débouché, tous deux venaient de Paris, pays où il y a pourtant peu de bêtes, — sauvages surtout.

J'étais resté comme pétrifié. L'ours fauve avait fini par prendre part aux jeux de l'autre, et, à force de se rouler dans la poussière, tous deux étaient devenus gris. Cependant j'avais réussi à me lever, et je me demandais si j'irais ramasser ma canne qui avait roulé à mes pieds dans le fossé, lorsqu'un troisième ours survint, un ours rougeâtre, petit, difforme, plus déchiqueté et plus saignant encore que le premier; puis un quatrième, puis un cinquième et un sixième, ces deux-là trottant de compagnie. Ces quatre derniers ours traversèrent la route comme des comparses traversent le fond d'un théâtre, sans rien voir et sans rien regarder, presque en courant et comme s'ils étaient poursuivis. Cela devenait trop inexplicable pour que je ne touchasse pas à l'explication. J'entendis des aboiements et des cris; dix ou douze bouledogues, sept ou huit hommes armés de bâtons ferrés et des muselières à la main, firent irruption sur la route, talonnant les ours qui s'enfuyaient. Un de ces hommes s'arrêta, et, pendant que les autres ramenaient les bêtes muselées, il me donna le mot de cette bizarre énigme. Le maître du cirque de la barrière du Combat profitait des vacances de Pâques pour envoyer ses ours et ses dogues donner quelques représentations à Meaux. Toute cette ménagerie voyageait à pied. A la dernière halte on l'avait démuselée pour la faire manger; et, pendant que leurs gardiens s'attablaient au cabaret voisin, les ours avaient profité de ce moment de liberté pour faire à leur aise, joyeux et seuls, un bout de chemin.

C'étaient des acteurs en congé.

Voilà une de mes aventures de voyageur à pied.

Dante raconte en commençant son poëme qu'il rencontra un jour dans un bois une panthère, puis après la panthère un lion, puis après le lion une louve. Si la tradition dit vrai, dans leurs voyages en Egypte, en Phénicie, en Chaldée et dans l'Inde, les sept sages de Grèce eurent tous de ces aventures-là. Ils rencontrèrent chacun une bête différente, comme il sied à des sages qui ont tous une sagesse différente. Thalès de Milet fut suivi longtemps par un griffon ailé; Bias de Priène fit route côte à côte avec un lynx; Périandre de Corinthe fit reculer un léopard en le regardant fixement; Solon d'Athènes marcha hardiment droit à un taureau furieux; Pittacus de Mitylène fit rencontre d'un souassouaron; Cléobule de Rhodes fut accosté par un lion, et Chilon de Lacédémone par une lionne. Tous ces faits merveilleux, si on les examinait d'un peu près, s'expliqueraient probablement par des ménageries en congé, par des vacances de Pâques et des barrières du Combat. En racontant convenablement mon aventure des ours, dans deux mille ans, j'aurais peut-être eu je ne sais quel air d'Orphée. *Dictus ob hoc lenire tigres.* Voyez-vous, mon ami, mes pauvres ours saltimbanques donnent la clef de beaucoup de prodiges. N'en déplaise aux poëtes antiques et aux philosophes grecs, je ne crois guère à la vertu d'une strophe contre un léopard ni à la puissance d'un syllogisme sur une hyène; mais je pense qu'il y a longtemps que l'homme, cette intelligence qui transforme à sa guise les instincts, a trouvé le secret de dégrader les lions et les tigres, de détériorer les animaux et d'abrutir les bêtes.

L'homme croit toujours et partout avoir fait un grand pas quand il a substitué, à force d'enseignements intelligents, la stupidité à la férocité.

A tout prendre, c'en est peut-être un. Sans ce pas-là, j'aurais été mangé, — et les sept sages de Grèce aussi.

Puisque je suis en train de souvenirs, permettez moi encore une petite histoire.

Vous connaissez G —, ce vieux poëte-savant qui prouve qu'un poëte peut être patient, qu'un savant peut être charmant et qu'un vieillard peut être jeune. Il marche comme à vingt ans. En avril 183... nous faisions ensemble je ne sais quelle excursion dans le Gâtinais. Nous cheminions côte à côte par une fraîche matinée réchauffée d'un soleil réjouissant. Moi que la vérité charme et que le paradoxe amuse, je ne connais pas de plus agréable compagnie que G—. Il sait toutes les vérités prouvées, et il invente tous les paradoxes possibles.

Je me souviens que sa fantaisie en ce moment-là était de me soutenir que le basilic existe. Pline en parle et le décrit, me disait-il. Le basilic naît dans le pays de Cyrène, en Afrique. Il est long d'environ douze doigts; il a sur la tête une tache blanche qui lui fait un diadème; et quand il siffle, les serpents s'enfuient. La Bible dit qu'il a des ailes. Ce qui est prouvé, c'est que du temps de saint Léon il y eut à Rome, dans l'église de Sainte-Luce, un basilic qui infecta de son haleine toute la ville. Le saint pape osa s'approcher de la voûte humide et sombre sous laquelle était le monstre, et Scaliger dit en assez beau style qu'il *l'éteignit par ses prières.*

G— ajoutait, me voyant incrédule au basilic, que certains lieux ont une vertu particulière sur certains animaux : qu'à Sériphe, dans l'Archipel, les grenouilles ne coassent point; qu'à Reggio, en Calabre, les cigales ne chantent pas; que les sangliers sont muets en Macédoine; que les serpents de l'Euphrate ne mordent point les indigènes, même endormis, mais seulement les étrangers; tandis que les scorpions du mont Latmos, inoffensifs pour les étrangers, piquent mortellement les habitants du pays. Il me faisait, ou plutôt il se faisait à lui-même une foule de questions, et je le laissais aller. Pourquoi y a-t-il une multitude de lapins à Mayorque, et pourquoi n'y en a-t-il pas un seul à Yviza? Pourquoi les lièvres meurent-ils à Ithaque? D'où vient qu'on ne saurait trouver un loup sur le mont Olympe, ni une chouette dans l'île de Crète, ni un aigle dans l'île de Rhodes?

En me voyant sourire, il s'interrompait : « Tout beau, mon cher! mais ce sont là des opinions d'Aristote! » A quoi je me contentais de répondre : « Mon ami, c'est de la science morte; et la science morte n'est plus de la science, c'est de l'érudition. » Et G – me répliquait avec son doux regard plein de gravité et d'enthousiasme : « Vous avez raison. La science meurt. Il n'y a que l'art qui soit immortel. Un grand savant fait oublier un autre grand savant; quant aux grands poëtes du passé, les grands poëtes du présent et de l'avenir ne peuvent que les égaler. Aristote est dépassé, Homère ne l'est pas. »

Cela dit, il devenait pensif, puis il se mettait à chercher un bupreste dans l'herbe ou une rime dans les nuages.

Nous arrivâmes ainsi près de Milly, dans une plaine où l'on voit encore les vestiges d'une masure devenue fameuse dans les procès de sorciers du dix-septième siècle. Voici à quelle occasion. Un loup-cervier ravageait le pays. Des gentilshommes de la vénerie du roi le traquèrent avec grand renfort de valets et de paysans. Le loup, poursuivi dans cette plaine, gagna cette masure et s'y jeta. Les chasseurs entourèrent la masure, puis y entrèrent brusquement. Ils y trouvèrent une vieille femme. Une vieille femme hideuse, sous les pieds de laquelle était encore la peau du loup que Satan n'avait pas eu le temps de faire disparaître dans sa chausse-trape. Il va sans dire que la vieille fut brûlée sur un fagot vert; ce qui s'exécuta devant le beau portail de la cathédrale de Sens.

J'admire que les hommes, avec une sorte de coquetterie inepte, soient toujours venus chercher ces calmes et sereines merveilles de l'intelligence humaine pour faire devant elles leurs plus grosses bêtises.

Cela se passait en 1636, dans l'année où Corneille fai sait jouer le *Cid*.

Comme je racontais cette histoire à G— : « Ecoutez, me dit-il. » Nous entendions en effet sortir d'un petit groupe de maisons caché dans les arbres, à notre gauche, la fanfare d'un charlatan. G— a toujours eu du goût pour ce genre de bruit grotesque et triomphal. « Le monde, me disait-il un jour, est plein de grands tapages sérieux dont ceci est la parodie. Pendant que les avocats déclament sur le tréteau politique, pendant que les rhéteurs pérorent sur le tréteau scolastique, moi je vais dans les prés, je catalogue des moucherons et je collationne des brins d'herbe, je me pénètre de la grandeur de Dieu, et je serai toujours charmé de rencontrer à tout bout de champ cet emblème bruyant de la petitesse des hommes, ce charlatan s'essoufflant sur sa grosse caisse, ce Bobino, ce Bobèche, cette ironie! Le charlatan se mêle à mes études et les complète; je fixe cette figure avec une épingle dans mon carton comme un scarabée ou comme un papillon, et je classe l'insecte humain parmi les autres. »

G— m'entraîna donc vers le groupe de maisons d'où venait le bruit; — un assez chétif hameau qui se nomme, je crois, Petit-Sou, ce qui m'a rappelé ce bourg d'Asculum, sur la route de Trivicum à Brindes, lequel fit faire un rébus à Horace :

Quod versu dicere non est,
Signis perfacile est.

Asculum, en effet, ne peut entrer dans un vers alexandrin.

C'était la fête du village. La place, l'église et la mairie étaient endimanchées. Le ciel lui-même, coquettement décoré d'une foule de jolis nuages blancs et roses, avait je ne sais quoi d'agreste, de joyeux et de dominical. Des rondes de petits enfants et de jeunes filles, doucement contemplées par des vieillards, occupaient un bout de la place qui était tapissé de gazon; à l'autre bout, pavé de cailloux aigus, la foule entourait une façon de tréteau adossé à une manière de baraque. Le tréteau était composé de deux planches et d'une échelle; la baraque était recouverte de cette classique toile à damier bleu et blanc qui rappelle des souvenirs de grabat et qui, se faisant au besoin souquenille, a fait donner le nom de *paillasses* à tous les valets de tous les charlatans. A côté du tréteau s'ouvrait la porte de la baraque, une simple fente dans la toile; et au-dessus de cette porte, sur un écriteau blanc orné de ce mot en grosses majuscules noires :

MICROSCOPE

fourmillaient, grossièrement dessinés dans mille attitudes fantastiques, plus d'animaux effrayants, plus de monstres chimériques, plus d'êtres impossibles que saint Antoine n'en a vu et que Callot n'en a rêvé.

Deux hommes faisaient figure sur ce tréteau. L'un, sale comme Job, bronzé comme Ptha, coiffé comme Osiris, gémissant comme Memnon, avait je ne sais quoi d'oriental, de fabuleux, de stupide et d'égyptien, et frappait sur un gros tambour tout en soufflant au hasard dans une flûte. L'autre le regardait faire. C'était une espèce de Sbrigani, pansu, barbu, velu et chevelu, l'air féroce, et vêtu en Hongrois de mélodrame.

Autour de cette baraque, de ce tréteau et de ces deux hommes, force paysans passionnés, force paysannes fascinées, force admirateurs les plus affreux du monde ouvraient des bouches niaises et des yeux bêtes. Derrière l'estrade, quelques enfants pratiquaient artistement des trous à la vieille toile blanche et bleue, qui faisait peu de résistance et leur laissait voir l'intérieur de la baraque.

Comme nous arrivions, l'Egyptien termina sa fanfare et le Sbrigani se mit à parler. G— se mit à écouter.

Excepté l'invitation d'usage : *Entrez et vous verrez*, etc., je déclare que ce que disait ce fantoche était parfaitement inintelligible pour moi, pour les paysans et pour l'Egyptien, lequel avait pris une posture de bas-relief, et prêtait l'oreille avec autant de dignité que s'il eût assisté à la dédidace des grandes colonnes de la salle hypostyle de Karnac par Menephta Ier, père de Rhamsès II.

Cependant, dès les premières paroles du charlatan, G— avait tressailli. Au bout de quelques minutes, il se pencha vers moi et me dit tout bas : « Vous qui êtes jeune, qui avez de bons yeux et un crayon, faites-moi le plaisir d'écrire ce que dit cet homme. » Je voulus demander à G— l'explication de cet étrange désir, mais déjà son attention était retournée au tréteau avec trop d'énergie pour qu'il m'entendit. Je pris le parti de satisfaire G—, et comme le charlatan parlait avec une lenteur solennelle, voici ce que j'écrivis sous sa dictée :

« La famille des scyres se divise en deux espèces : la première n'a pas d'yeux ; la seconde en a six, ce qui la distingue du genre *cunaxa*, qui en a deux, et du genre *bdella*, qui en a quatre. »

Ici G—, qui écoutait avec un intérêt de plus en plus profond, ôta son chapeau, et, s'adressant au charlatan de sa voix la plus gracieuse et la plus adoucie : « Pardon, monsieur, mais vous ne nous dites rien du groupe des gamases?

— Qui parle là? dit l'homme, jetant un coup d'œil sur l'assistance, mais sans surprise et sans hésitation. Ce vieux ? Eh bien, mon vieux, dans le groupe des gamases je n'ai trouvé qu'une espèce, c'est un dermanyssus, parasite de la chauve-souris pipistrelle.

— Je croyais, reprit G— timidement, que c'était un glyciphagus cursor?

— Erreur, mon brave, répliqua le Sbrigani. Il y a un abime entre le glyciphagus et le dermanyssus. Puisque vous vous occupez de ces grandes questions, étudiez la nature. Consultez Degeer, Hering et Hermann. Observez (j'écrivais toujours) le *sarcoptes ovis*, qui a au moins une des deux paires de pattes postérieures complète et caronculée; le *sarcoptes rupicapræ*, dont les pattes postérieuses sont rudimentaires et sétigères, sans vésicule et sans tarse; le *sarcoptes hippopodos*, qui est peut-être un glyciphage...

— Vous n'en êtes pas sûr? interrompit G— presque avec respect.

— Je n'en suis pas sûr, répondit majestueusement le charlatan. Oui, je dois à la sainte vérité d'avouer que je n'en suis pas sûr. Ce dont je suis sûr, c'est d'avoir recueilli un glyciphage dans les plumes du grand-duc. Ce dont je suis sûr, c'est d'avoir trouvé, en visitant des galeries d'anatomie comparée, des glyciphages dans les cavités, entre les cartilages et sous les épiphyses des squelettes.

— Voilà qui est prodigieux! murmura G—.

— Mais, poursuivit l'homme, ceci m'entraîne trop loin. Je vous parlerai une autre fois, messieurs, du glyciphage et du psoropte. L'animal extraordinaire et redoutable que je vais vous montrer aujourd'hui, c'est le sarcopte. Chose effrayante et merveilleuse! l'acarien du chameau, qui ne ressemble pas à celui du cheval, ressemble à celui de l'homme. De là une confusion possible, dont les suites seraient funestes (j'écrivais toujours). Etudions-les, messieurs; étudions ces monstres. La forme de l'un et de l'autre est à peu près la même; mais le sarcopte du dromadaire est un peu plus allongé que le sarcopte humain; la paire intermédiaire des poils postérieurs, au lieu d'être la plus petite, est la plus grande. La face ventrale a aussi ses particularités. Le collier est plus nettement séparé dans le *sarcoptes hominis*, et il envoie inférieurement une pointe aciculiforme qui n'existe pas dans le *sarcoptes dromadarii*. Ce dernier est plus gros que l'autre. Il y a aussi une différence énorme aux épines de la base des pattes postérieures; elles sont simples dans la première espèce, et inégalement bifides dans la seconde... »

Ici, las d'écrire toutes ces choses ténébreuses et imposantes, je ne pus m'empêcher de pousser le coude de G— et de lui demander tout bas : « Mais de quoi diable parle cet homme? »

G— se tourna à demi vers moi et me dit avec gravité : « De la gale. »

Je partis d'un éclat de rire si violent que le livre de notes me tomba des mains. G— le ramassa, m'arracha le crayon, et sans daigner répliquer à ma gaieté, même par un geste de mépris, plus que jamais attentif aux paroles du charlatan, il continua d'écrire à ma place, dans l'attitude recueillie et raphaélesque d'un disciple de l'école d'Athènes.

Je dois dire que les paysans, de plus en plus éblouis, partageaient, au suprême degré, l'admiration et la béatitude de G—. L'extrême science et l'extrême ignorance se touchent par l'extrême naïveté. Le dialogue obscur et formidable du charlatan avait parfaitement réussi près des villageois de l'honnête pays de Petit-Sou. Le peuple est comme l'enfant : il s'émerveille de ce qu'il ne comprend pas. Il aime l'inintelligible, le hérissé, l'amphigouri déclamatoire et merveilleux. Plus l'homme est ignorant, plus l'obscur le charme; plus l'homme est barbare, plus le compliqué lui plaît. Rien n'est moins simple qu'un sauvage. Les idiomes des hurons, des botocudos et des chesapeacks sont des forêts de consonnes à travers lesquelles, à demi engloutis dans la vase des idées mal rendues, se traînent des mots immenses et hideux, comme rampaient les monstres antédiluviens sous les inextricables végétations du monde primitif. Les algonquins traduisent ce mot si court, si simple et si doux, *France*, par *Mittigouchiouekendalakiank.*

Aussi, quand la baraque s'ouvrit, la foule, impatiente de contempler les merveilles promises, s'y précipita. Les mittigouchiouekendalakiank des charlatans se résolvent toujours en une pluie de liards ou de doublons dans leur escarcelle, selon qu'ils se sont adressés au peuple d'en bas ou au peuple d'en haut.

Une heure après nous avions repris notre promenade et nous suivions la lisière d'un petit bois. G— ne m'avait pas encore adressé une parole. Je faisais mille efforts inutiles pour rentrer en grâce. Tout à coup, paraissant sortir d'une profonde rêverie et comme se répondant à lui-même, il dit : « Et il en parle fort bien !

— De la gale, n'est-ce pas? fis-je fort timidement.

— Oui, pardieu, de la gale, » me répondit G— avec fermeté.

Il ajouta après un silence : « Cet homme a fait de magnifiques observations microscopiques. De vraies découvertes. »

Je hasardai encore un mot. « Il aura étudié son sujet sur ce pharaon d'Égypte dont il a fait son laquais et son musicien. »

Mais G— ne m'entendait déjà plus. « Quelle prodigieuse chose ! s'écria-t-il, et quel sujet de méditation mélancolique ! La maladie suit l'homme après la mort. Les squelettes ont la gale ! »

Il y eut encore un silence, puis il reprit : « Cet homme manque à la troisième classe de l'Institut. Il y a bien des académiciens qui sont charlatans ; voilà un charlatan qui devrait être académicien. »

Maintenant, mon ami, je vous vois d'ici rire à votre tour et vous écrier : « Est-ce tout ? oh ! les aimables aventures, les engageantes histoires, et quel voyageur à pied vous êtes ! Rencontrer des ours, ou entendre un avaleur de sabres, bras nus et ceinturonné de rouge, confronter en plein air l'acarus de l'homme à l'acarus du chameau et faire à des paysans un cours philosophique de gale comparée ! Mais, en vérité, il faut en grande hâte se jeter en bas de sa chaise de poste, et ce sont là de merveilleux bonheurs. »

Comme il vous plaira. Quant à moi, je ne sais si c'est le matin, si c'est le printemps ou si c'est ma jeunesse qui se mêle à ces souvenirs, déjà anciens, hélas ! mais ils rayonnent en moi. Je leur trouve des charmes que je ne puis dire. Riez donc tant que vous voudrez du *voyageur à pied*, je suis toujours tout prêt à recommencer, et s'il m'arrivait encore aujourd'hui quelque aventure pareille, « j'y prendrais un plaisir extrême. »

Mais de semblables bonnes fortunes sont rares, et quand j'entreprends une excursion à pied, pourvu que le ciel ait un air de joie, pourvu que les villages aient un air de bonheur, pourvu que la rosée tremble à la pointe des herbes, pourvu que l'homme travaille, que le soleil brille et que l'oiseau chante, je remercie le bon Dieu, et je ne lui demande pas d'autres aventures. — L'autre jour donc, à cinq heures et demie du matin, après avoir donné les ordres nécessaires pour faire transporter mon bagage à Bingen, dès l'aube, je quittais Lorch, et un bateau me transportait sur le bord opposé. Si vous suivez jamais cette route, faites de même. Les ruines romaines, romanes et gothiques de la rive gauche ont beaucoup plus d'intérêt pour le piéton que les ardoises de la rive droite. A six heures j'étais assis, après une assez rude ascension à travers les vignes et les broussailles, sur la croupe d'une colline de lave éteinte qui domine le château de Furstemberg et la vallée de Diebach, et là je constatais une erreur des antiquaires. Ils racontent, et je vous écrivais d'après eux dans ma précédente lettre, que la grosse tour de Furstemberg, ronde au dehors, est hexagone au dedans. Or, du point élevé où je m'étais placé, je plongeais assez profondément dans la tour, et je puis vous affirmer, si la chose vous intéresse, qu'elle est ronde à l'intérieur comme à l'extérieur. Ce qui est remarquable, c'est sa hauteur qui est prodigieuse et sa forme qui est singulière. Comme elle a d'énormes créneaux sans mâchicoulis et comme elle va s'élargissant du sommet à la base, sans baies, sans fenêtres, percée à peine de quelques longues meurtrières, elle ressemble de la plus étrange manière aux mystérieux et massifs donjons de Samarcande, de Calicut ou de Granganor; et l'on s'attend à voir plutôt apparaître au faîte de cette grosse tour presque hindoue le maharadja de Lahore ou le zamorin de Malabar que Louis de Bavière ou Gustave de Suède. Pourtant cette citadelle, plutôt orientale que gothique, a joué un grand rôle dans les luttes de l'Europe. Au moment où je songeais à toutes les échelles qui ont été successivement appliquées aux flancs de cette géante de pierre, et où je me rappelais le triple siége des Bavarois en 1321, des Suédois en 1632 et des Français en 1689, un grimpereau l'escaladait gaiement.

Ce qui a causé l'erreur des antiquaires, c'est une tourelle qui défend la citadelle du côté de la montagne, et qui, ronde au dedans, est armée à son sommet d'un couronnement de mâchicoulis taillé à six pans. Ils ont pris la tourelle pour la tour et le dehors pour le dedans Du reste, à cette heure matinale, grâce aux vapeurs encore posées et appuyées sur le sol, je ne distinguais que la tête du donjon, la cime des murailles, et à l'horizon, tout autour de moi, la haute crête des collines. A mes pieds, le fond du paysage était caché par une brume blanche et épaisse dont le soleil dorait le bord. On eût dit qu'un nuage était tombé dans la vallée.

Comme sept heures sonnaient dans ce nuage au clocher de Rheindiebach, qui est un hameau au pied de Furstemberg, le grimpereau s'envola et je me levai. Pendant que je descendais, le brouillard montait, et lorsque je parvins au village, les rayons du soleil y arrivaient. Quelques instants après, j'avais laissé le village derrière moi, sans même avoir pensé, je l'avoue, à interroger l'écho fameux de son ravin; je cheminais joyeusement le long du Rhin, et j'échangeais un bonjour amical avec trois jeunes peintres qui s'en allaient, eux, vers Bacharach, le sac et le parapluie sur le dos. Toutes les fois que je rencontre trois jeunes gens qui voyagent à pied en mince équipage, allégres d'ailleurs et les yeux rayonnants comme si leur prunelle reflétait les féeries de l'avenir, je ne puis m'empêcher d'espérer pour eux la réalisation de leurs chimères et de songer à ces trois frères, Cadenet, Luynes et Brandes, qui, il y a de cela deux cents ans, partirent un beau matin à pied pour la cour du roi Henri IV, n'ayant à eux trois qu'un manteau porté par chacun à son tour, et qui, quinze ans après, sous Louis XIII, étaient, le premier, duc de Chaulnes; le deuxième, connétable de France; le troisième, duc de Luxembourg. — Rêvez donc, jeunes gens, et marchez!

Ce voyage à trois paraît du reste être à la mode sur les bords du Rhin; car je n'avais pas fait une demi-lieue, j'atteignais à peine Niederheimbach, que je rencontrais encore trois jeunes gens cheminant de compagnie. Ceux-là étaient évidemment des étudiants de quelqu'une de ces nobles universités qui fécondent la vieille Teutonie en civilisant la jeune Allemagne. Ils portaient la casquette classique, les longs cheveux, le ceinturon, la redingote serrée, le bâton à la main, la pipe de faïence coloriée à la bouche, et, comme les peintres, le bissac sur le dos. Sur la pipe du plus jeune des trois étaient peintes des armoiries, probablement les siennes. Ils paraissaient discuter avec chaleur et s'en allaient, de même que les peintres, du côté de Bacharach. En passant près de moi, l'un d'eux me cria, en me saluant de la casquette : « *Dic nobis, domine, in qua parte corporis animam veteres locant philosophi?* », Je rendis le salut et je répondis : « *In corde Plato, in sanguine Empedocles, inter duo supercilia Lucretius.* » Les trois jeunes gens sourirent et le plus âgé s'écria : « *Vivat Gallia regina!* » Je répliquai : « *Vivat Germania mater!* » Nous nous saluâmes encore une fois de la main, et je passai outre.

J'approuve cette façon de voyager à trois. Deux amants, trois amis.

Au-dessus de Niederheimbach s'étagent et se superposent les mamelons de la sombre forêt de Sann ou de Soun, et là, parmi les chênes, se dressent deux forteresses écroulées, Heimburg, château des Romains, Sonneck, château des brigands. L'empereur Rodolphe a détruit Sonneck en 1282; le temps a démoli Heimburg. Une ruine plus mélancolique encore se cache dans les plis de ces montagnes, c'est Falkenburg.

J'avais, comme je vous l'ai dit, laissé le village derrière moi. Le soleil était ardent, la fraîche haleine du Rhin s'attiédissait, la route se couvrait de poussière; à ma droite s'ouvrait étroitement entre deux rochers un charmant ravin plein d'ombre; un tas de petits oiseaux y babillaient à qui mieux mieux et se livraient à d'affreux commérages les uns sur les autres dans les profondeurs des arbres; un ruisseau d'eau vive grossi par les pluies, tombant de pierre en pierre, prenait des airs de torrent, dévastait les pâquerettes, épouvantait les moucherons et faisait de petites cascades tapageuses dans les cailloux; je distinguais vaguement le long de ce ruisseau, dans les douces ténèbres que versaient les feuillages, un sentier que mille fleurs sauvages, le liseron, le passe-velours, l'hélicryson, le glaïeul aux lancéoles cannelées, la flambe aux neuf feuilles perses, cachaient pour le profane et tapissaient pour le poëte. Vous savez qu'il y a des moments où je crois presque à l'intelligence des choses; il me semblait qu'une foule de voix murmuraient dans ce ravin et me disaient : « Où vas-tu? tu cherches les endroits où il y a peu de pas humains et où il y a beaucoup de traces divines; tu veux mettre ton âme en équilibre avec l'âme de la solitude; tu veux de l'ombre et de la lumière, du mouvement et de la paix, des transformations et de la sérénité; tu cherches le lieu où le Verbe s'épanouit dans le silence, où l'on voit la vie à la surface de tout et où l'on sent l'éternité au fond; tu aimes le désert et tu ne hais pas l'homme; tu cherches de l'herbe et des mousses, des feuilles humides, des branches gonflées de séve, des oiseaux qui fredonnent, des eaux qui courent, des parfums qui se répandent. Eh bien! entre. Ce sentier est ton chemin. »

Je ne me suis pas fait prier longtemps, je suis entré dans le ravin.

Vous dire ce que j'ai fait là, ou plutôt ce que la solitude m'y a fait; comment les guêpes bourdonnaient autour des clochettes violettes; comment les nécrophores cuivrés et les féronies bleues se réfugiaient dans les petits antres microscopiques que les pluies leur creusent sous les racines des bruyéres; comment les ailes froissaient les feuilles; ce qui tressaillait sourdement dans les mousses, ce qui jasait dans les nids; le bruit doux et indistinct des végétations, des minéralisations et des fécondations mystérieuses; la richesse des scarabées, l'activité des abeilles, la gaieté des libellules, la patience des araignées; les aromes, les reflets, les épanouissements, les plaintes; les cris lointains; les luttes d'insecte à insecte, les catastrophes de fourmilières, les petits drames de l'herbe; les haleines qui s'exhalaient des roches comme des soupirs, les rayons qui venaient du ciel à travers les arbres comme des regards, les gouttes d'eau qui tombaient des fleurs comme des larmes; les demi-révélations qui sortaient de tout; le travail calme, harmonieux, lent et continu de tous ces êtres et de toutes ces choses qui vivent en apparence plus près de Dieu que l'homme; vous dire tout cela, mon ami, ce serait vous exprimer l'ineffable, vous montrer l'invisible, vous peindre l'infini. Qu'ai-je fait là? Je ne le sais plus. Comme dans les ravins de Saint-Goarshausen, j'ai erré, j'ai songé, j'ai adoré, j'ai prié. A quoi pensais-je? Ne me le demandez pas. Il y a des instants, vous le savez, où la pensée flotte comme noyée dans mille idées confuses.

Tout, dans ces montagnes, se mêlait à ma méditation et se combinait avec ma rêverie : la verdure, les masures, les fantômes, le paysage, les souvenirs, les hommes qui ont passé dans ces solitudes, l'histoire qui a flamboyé là, le soleil qui y rayonne toujours. César, me disais-je, cheminant à pied comme moi, a peut-être franchi ce ruisseau, suivi du soldat qui portait son épée. Presque toutes les grandes voix qui ont ébranlé l'intelligence humaine ont troublé les échos du Rhingau et du Taunus. Ces montagnes sont les mêmes qui s'émurent quand le prince Thomas d'Aquin, si longtemps surnommé *Bos mutus*, poussa enfin dans la doctrine ce mugissement qui fit tressaillir le monde. « *Dedit in doctrina mugitum, quod in toto mundo sonavit.* » C'est sur ces monts que Jean Huss, prédisant Luther, comme si le rideau qui se déchire à la dernière heure laissait voir distinctement l'avenir, répandit du haut de son bûcher de Constance ce cri prophétique : *Aujourd'hui vous brûlez l'oie* (1), *mais dans cent ans le cygne naîtra.* Enfin, c'est à travers ces rochers que Luther, cent ans après, surgissant à l'heure dite, ouvrit ses ailes et jeta cette clameur formidable : *Meurent les évêques et les princes, les monastères, les cloîtres, les églises et les palais, plutôt qu'une seule âme!*

Et il me semblait que, du milieu des branchages et des ronces, les ruines répondaient de toutes parts : O Luther, les évêques et les princes, les monastères, les cloîtres, les églises et les palais sont morts!

Plongée ainsi dans ces choses inépuisables et vivaces qui sont, qui persistent, qui fleurissent, qui verdoient, et qui la recouvrent sous leur végétation éternelle, l'histoire est-elle grande ou est-elle petite? Décidez cette question si vous pouvez. Quant à moi, il me semble que le contact de la nature, qui est le voisinage de Dieu, tantôt amoindrit l'homme, tantôt le grandit. C'est beaucoup pour l'homme d'être une intelligence qui a sa loi à part, qui fait son œuvre et qui joue son rôle au milieu des faits immenses de la création. En présence d'un grand chêne plein d'antiquité et plein de vie, gonflé de sève, chargé de feuillages, habité par mille oiseaux, c'est beaucoup qu'on puisse songer encore à ce fantôme qui a été Luther, à ce spectre qui a été Jean Huss, à cette ombre qui a été César.

Cependant, je vous l'avoue, il y eut dans ma promenade un moment où toutes ces mémoires disparurent, où l'homme s'évanouit, où je n'eus plus dans l'âme que Dieu seul. J'étais arrivé, je ne pourrais plus dire par quels sentiers, au sommet d'une très-haute colline couverte de bruyères courtes, ayant quelque analogie avec le chêne-

(1) *Huss* veut dire *oie.*

kermès de Provence, et j'avais sous les yeux un désert, mais un désert joyeux et superbe, un désert divin. Je n'ai rien vu de plus beau dans toutes mes excursions aux environs du Rhin. Je ne sais comment s'appelle cet endroit, Ce n'était autour de moi à perte de vue que montagnes. prairies, eaux vives, vagues verdures, molles brumes, lueurs humides qui chatoyaient comme des yeux entr'ouverts, vifs reflets d'or noyés dans le bleu des lointains, magiques forêts pareilles à des touffes de plumes vertes, horizons moirés d'ombres et de clartés. C'était un de ces lieux où l'on croit voir faire la roue à ce paon magnifique qu'on appelle la nature.

Derrière la colline où j'étais assis, au haut d'un monticule couvert de sapins, de châtaigniers et d'érables, j'apercevais une sombre ruine, colossal monceau de basalte brune. On eût dit un tas de lave pétri par quelque géant en forme de citadelle. Qu'était-ce que ce château ? Je n'aurais pu le dire, je ne savais où j'étais.

Questionner un édifice de près, vous le savez, c'est ma manie. Au bout d'un quart d'heure j'étais dans la ruine.

Un antiquaire qui fait le portrait de sa ruine, comme un amant qui fait le portrait de sa maîtresse, se charme lui-même et risque d'ennuyer les autres. Pour les indifférents qui écoutent l'amoureux, toutes les belles se ressemblent et toutes les ruines aussi. Je ne dis pas, mon ami, que je m'abstiendrai désormais avec vous de toute description d'édifices. Je sais que l'histoire et l'art vous passionnent; je sais que vous êtes du public intelligent, et non du public grossier. Cette fois pourtant, je vous renverrai au portrait minutieux que je vous ai fait de la Souris. Figurez-vous force broussailles, force plafonds effondrés, force fenêtres défoncées, et au-dessus de tout cela quatre ou cinq grandes diablesses de tours, noires, éventrées et formidables.

J'allais et venais dans ces décombres, cherchant, furetant, interrogeant; je retournais les pierres brisées dans l'espoir d'y trouver quelque inscription qui me signalerait un fait ou quelque sculpture qui me révélerait une époque, quand une baie, qui avait jadis été une porte, m'a ouvert passage sous une voûte où pénétrait par une crevasse un éclatant rayon de soleil. J'y suis entré et je me suis trouvé dans une façon de chambre basse éclairée par des meurtrières, dont la forme et l'embrasure indiquaient qu'elles avaient servi au jeu des onagres, des fauconneaux et des scorpions. Je me suis penché à l'une de ces meurtrières en écartant la touffe de fleurs qui la bouche aujourd'hui. Le paysage de cette fenêtre n'est pas gai. Il y a là une vallée étroite et obscure, ou plutôt un déchirement de la montagne, jadis traversé par un pont dont il ne reste plus que l'arche d'appui. D'un côté un éboulement de terres et de roches, de l'autre une eau noircie par le fond de basalte, se précipitent et se brisent dans le ravin. Des arbres malades et malsains y ombragent de petites prairies tapissées d'un gazon dru comme celui d'un cimetière. J'ignore si c'était une illusion ou le jeu de l'ombre et du vent, mais je croyais voir par places sur les hautes herbes de grands cercles mollement tracés, comme si de mystérieuses rondes nocturnes les avaient affaissées çà et là. Ce ravin n'est pas seulement solitaire, il est lugubre. On dirait qu'il assiste en de certains moments à des spectacles hideux, qu'il voit se faire dans les ténèbres des choses mauvaises et surnaturelles, et qu'il en garde, même en plein jour, même en plein soleil, je ne sais quelle tristesse mêlée d'horreur. Dans cette vallée plus qu'en tout autre lieu on sent distinctement que les sombres et froides heures de la nuit passent là; il semble qu'elles y déposent, sur la senteur des herbes, sur la couleur de la terre et sur la forme des rochers, ce qu'elles ont de vague, de sinistre et de désolé.

Comme j'allais sortir de la chambre basse, la corne d'une

pierre tumulaire sortant de dessous les gravois a frappé mes yeux. Je me suis baissé vivement. Jugez de mon empressement; j'allais peut-être trouver là l'explication que je cherchais, la réponse que je demandais à cette mystérieuse ruine, le nom du château. Des pieds et des mains j'ai écarté les décombres, et en peu d'instants j'avais mis à nu une fort belle lame sépulcrale du quatorzième siècle, en grès rouge de Heilbron. Sur cette lame gisait, sculpté presque en ronde-bosse, un chevalier armé de toutes pièces, mais auquel manquait la tête. Sous les pieds de cet homme de pierre était gravé en majuscules romaines ce distique fruste, encore lisible pourtant et facile à déchiffrer :

VOX TACVIT. PERIIT LVX. NOX RVIT ET RVIT VMBRA.
VIR CARET IN TVMBA QVO CARET EFFIGIES.

J'étais un peu moins avancé qu'auparavant. Ce château était une énigme, j'en avais cherché le mot, et je venais de le trouver. Le mot de cette énigme, c'était une inscription sans date, une épitaphe sans nom, un homme sans tête. Voilà, vous en conviendrez, une réponse sombre et une explication ténébreuse.

De quel personnage parlait ce distique, lugubre par le fond, barbare par la forme? S'il fallait en croire le second vers gravé sur cette pierre sépulcrale, le squelette qui était dessous était sans tête comme l'effigie qui était dessus. Que signifiaient ces trois X détachées, pour ainsi dire, du reste de l'inscription par la grandeur des majuscules? En regardant avec plus d'attention et en nettoyant la lame avec une poignée d'herbes, j'ai trouvé sur la statue des gravures étranges. Trois chiffres étaient tracés à trois endroits différents; celui-ci sur la main droite  : celui-là sur la main gauche ;

et cet autre à la place de la tête :

Or ces trois chiffres ne sont que des combinaisons variées du même monogramme. Chacun des trois est composé des trois X que le graveur de l'épitaphe a fait saillir dans l'inscription. Si cette tombe eût été en Bretagne, ces trois X eussent pu faire allusion au combat des trente; si elle eût daté du dix-septième siècle, ces trois X eussent pu indiquer la guerre de trente ans; mais en Allemagne et au quatorzième siècle, quel sens pouvaient-ils avoir? et puis, était-ce le hasard qui, pour épaissir l'obscurité, n'avait employé dans la formation de ce chiffre funèbre d'autre élément que cette lettre X, qui barre l'entrée de tous les problèmes et qui désigne l'*Inconnu?* — J'avoue que je n'ai pu sortir de cette ombre.

Du reste, je me rappelais que cette façon de voiler, tout en la signalant, la tombe et la mémoire de l'homme décapité est propre à toutes les époques et à tous les peuples. A Venise, dans la galerie ducale du grand-conseil, un cadre noir remplace le portrait du cinquante-septième doge, et au-dessous la morne république a écrit ce memento sinistre :

LOCUS MARINI FALIERI DECAPITATI.

En Egypte, quand le voyageur fatigué arrive à Biban-el-Molouk, il trouve dans les sables, parmi les palais et les temples écroulés, un sépulcre mystérieux qui est le sépulcre de Rhamsès V, et sur ce sépulcre il voit cette légende :

Et cet hiéroglyphe, qui raconte l'histoire au désert, signifie : *qui est sans tête*.

Mais en Egypte comme à Venise, au palais ducal comme à Biban-el-Molouk, on sait où l'on est, on sait qu'on a affaire à Marino Faliero ou à Rhamsès V. Ici j'ignorais tout, et le nom du lieu et le nom de l'homme. Ma curiosité était éveillée au plus haut point. Je déclare que cette ruine si parfaitement muette m'intriguait et me fâchait presque. Je ne reconnais pas à une ruine, pas même à un tombeau, le droit de se taire à ce point.

J'allais sortir de la chambre basse, charmé d'avoir trouvé ce curieux monument, mais désappointé de n'en pas savoir davantage, quand un bruit de voix sonores, claires et gaies arriva jusqu'à moi. C'était un vif et rapide dialogue, où je ne distinguais au milieu des rires et des cris joyeux que ces quelques mots : *Fall of the mountain..... Subterranean passage... Very ogly foot-path.* Un moment après, comme je me levais du tombeau où j'étais assis, trois sveltes jeunes filles, vêtues de blanc, trois têtes blondes et roses au frais sourire et aux yeux bleus, entrèrent subitement sous la voûte, et, en m'apercevant, s'arrêtèrent tout court dans le rayon de soleil qui en illuminait le seuil. Rien de plus magique et de plus charmant pour un rêveur assis sur un sépulcre dans une ruine, que cette apparition dans cette lumière. Un poëte, à coup sûr, eût eu le droit de voir là des anges et des auréoles. J'avoue que je n'y vis que des Anglaises

Je confesse même à ma honte qu'il me vint sur-le-champ la plate et prosaïque idée de profiter de ces anges pour savoir le nom du château. Voici comment je raisonnai, et cela très-rapidement : Ces Anglaises, — car ce sont évidemment des Anglaises, elles parlent anglais et elles sont blondes, — ces Anglaises, selon toute apparence, sont des visiteuses qui viennent de quelque station de plaisir des environs, de Bingen ou de Rudesheim. Il est clair qu'elles se sont fait de cette masure un objet d'excursion et qu'elles savent nécessairement le nom du lieu qu'elles ont choisi pour but de promenade. — Une fois cela posé dans mon esprit, il ne restait plus qu'à entamer la conversation, et je confesse encore que j'eus recours au plus gauche des moyens employés en pareil cas. J'ouvris mon portefeuille pour me donner une contenance, j'appelai à mon aide le peu d'anglais que je crois savoir et je me mis à regarder par la meurtrière dans le ravin, en murmurant, comme si je me parlais à moi-même, je ne sais quels épiphonèmes admiratifs et ridicules : *Beautiful wiew! — Very fine, very pretty waterfall!* etc., etc. — Les jeunes filles, d'abord intimidées et surprises de ma rencontre, se mirent à chuchoter tout bas avec un petit rire étouffé. Elles étaient charmantes ainsi, mais il est évident qu'elles se moquaient de moi. Je pris alors un grand parti, je résolu d'aller droit au fait; et, quoique je prononce l'anglais comme un Irlandais, quoique le *th* en particulier soit pour moi un écueil formidable, je fis un pas vers le groupe toujours immobile, et m'adressant de mon air le plus gracieux à la plus grande des trois : *Miss,* lui dis-je en corrigeant le laconisme de la phrase par l'exagération du salut, *what is, if you please, the name of this castle?* La belle enfant sourit; comme je méritais un éclat de rire et que je m'y attendais, je fus touché de cette clémence, puis elle regarda ses deux compagnes et me répondit en rougissant légèrement et dans le meilleur français du monde : — Monsieur, il paraît que ce château s'appelle Falkenburg. C'est du moins ce qu'a dit un chevrier qui est Français et qui cause avec notre père dans la grande tour. Si vous voulez aller de ce côté, vous les trouverez.

Ces Anglaises étaient des Françaises.

Ces paroles si nettes et dites sans le moindre accent suffisaient pour me le démontrer; mais la belle enfant prit la peine d'ajouter : — Nous n'avons pas besoin de parler anglais, monsieur, nous sommes Françaises et vous êtes Français.

— Mais, mademoiselle, repris-je, à quoi avez-vous vu que j'étais Français?

— A votre anglais, dit la plus jeune.

Sa sœur aînée la regarda d'un air presque sévère, si jamais la beauté, la grâce, l'adolescence, l'innocence et la joie peuvent avoir l'air sévère. Moi, je me mis à rire.

— Mais, mesdemoiselles, vous-mêmes vous parliez anglais tout à l'heure.

— Pour nous amuser, dit la plus jeune.

— Pour nous exercer, reprit l'aînée.

Cette rectification imposante et quasi maternelle fut perdue pour la jeune, qui courut gaiement au tombeau en soulevant sa robe à cause des pierres et en laissant voir le plus joli petit pied du monde. — Oh! s'écria-t-elle, venez donc voir! une statue par terre! tiens! elle n'a pas de tête. C'est un homme.

— C'est un chevalier, dit l'aînée qui s'était approchée. Il y avait encore dans cette parole une ombre de reproche, et le son de voix dont elle fut prononcée signifiait : *Ma sœur, une jeune personne ne doit pas dire* c'est un homme, *mais elle peut dire* c'est un chevalier.

En général ceci est un peu l'histoire des femmes. Elles en sont toutes là. Elles repoussent les choses, mais habillez les choses de mots, elles les acceptent. Choisissez bien le mot pourtant. Elles s'indignent du mot cru, elles s'effarouchent du mot propre, elles tolèrent le mot détourné, elles accueillent le mot élégant, elles sourient à la périphrase. Elles ne savent que plus tard, — trop tard souvent, — combien il y a de réalité dans l'à peu près. La plupart des femmes glissent et beaucoup tombent sur la pente dangereuse des traductions adoucies.

Du reste cette simple nuance, *c'est un homme — c'est un chevalier*, disait l'état de ces deux jeunes cœurs. L'un dormait encore profondément, l'autre était éveillé. L'aînée des deux sœurs était déjà une femme, la dernière était encore une enfant. Il n'y avait pourtant guère que deux ans entre elles. La cadette seule était une jeune fille. Depuis leur entrée dans le caveau, elle avait beaucoup rougi, un peu souri, et n'avait pas dit un mot.

Cependant elles s'étaient penchées toutes les trois sur le tombeau, et la réverbération fantastique du rayon de soleil dessinait leurs gracieux profils sur le spectre de granit. Tout à l'heure je me demandais le nom du fantôme, maintenant je me demandais le nom des jeunes filles, et je ne saurais dire ce que j'éprouvais à voir se mêler ainsi ces deux mystères, l'un plein de terreur, l'autre plein de charme.

A force d'écouter leur doux chuchotement, je saisis au passage un de leurs trois noms, le nom de la cadette. C'était la plus jolie. Une vraie princesse des contes de fées. Ses longs cils blonds cachaient sa prunelle bleue dont la pure lumière les pénétrait pourtant. Elle était entre sa jeune sœur et sa sœur aînée comme la pudeur entre la naïveté et la grâce, doucement colorée d'un vague reflet de toutes les deux. Elle me regarda deux fois, et ne me parla pas. Elle fut la seule des trois dont je n'entendis pas le son de voix, mais elle fut aussi la seule dont je sus le nom. Il y eut un instant où sa jeune sœur lui dit très-bas : *Vois donc, Stella!* Je n'ai jamais mieux compris qu'en cet instant-là tout ce qu'il y a de limpide, de lumineux et de charmant dans ce nom d'étoile.

La plus jeune faisait ses réflexions tout haut. — Pauvre homme (la leçon avait été perdue)! On lui a coupé la tête. C'était des temps comme cela où l'on coupait la tête aux hommes! — Tout à coup elle s'interrompit : — Ah! voici l'épitaphe! c'est du latin. — *Vox — tacuit — periit — lux...* — C'est difficile à lire. Je voudrais bien savoir ce que cela veut dire.

— Mesdemoiselles, dit l'aînée, allons chercher mon père, il nous l'expliquera.

Et elles s'élancèrent hors de la crypte comme trois biches.

Elles n'avaient pas même songé à s'adresser à moi; j'étais un peu humilié que mon anglais leur eût donné si mauvaise idée de mon latin.

On avait fait jadis sur ce tombeau je ne sais quel scellement qui avait laissé à côté de l'épitaphe une tache de plâtre aplanie à la truelle. Je pris un crayon, et sur cette page blanche j'écrivis cette traduction du distique :

Dans la nuit la voix s'est tue.
L'ombre éteignit le flambeau.
Ce qui manque à la statue
Manque à l'homme en son tombeau.

Les jeunes filles étaient à peine partie depuis deux minutes, que j'entendis leurs voix crier : *Par ici, père! par ici!* Elles revenaient. J'écrivis en hâte le dernier vers, et, avant qu'elles reparussent, je m'esquivai.

Ont-elles trouvé l'explication que je leur laissais? je l'ignore; je me suis enfoncé dans les détours de la ruine et je ne les ai plus revues.

Je n'ai rien su non plus du mystérieux chevalier décapité. Triste destinée! Quel crime avait donc commis ce misérable? Les hommes lui avaient infligé la mort, la Providence y a ajouté l'oubli. Ténèbres sur ténèbres. Sa tête a été retranchée de la statue, son nom de la légende, son histoire de la mémoire des hommes. Sa pierre sépulcrale elle-même va sans doute bientôt disparaître. Quelque vigneron de Sonneck ou du Ruppertsberg la prendra un beau jour, dispersera du pied le squelette mutilé qu'elle recouvre peut-être encore, coupera en deux cette tombe et en fera le chambranle d'une porte de cabaret. Et les paysans s'attableront, et les vieilles femmes fileront, et les enfants riront autour de la statue sans nom décapitée jadis par le bourreau et sciée aujourd'hui par un maçon. Car de nos jours, en Allemagne comme en France, on utilise les ruines. Avec les vieux palais on fait des cabanes neuves.

Hélas! les vieilles lois et les vieilles sociétés subissent à peu près la même transformation.

Regardons, étudions, méditons et ne nous plaignons pas. Dieu sait ce qu'il fait.

Seulement je me demande quelquefois : Pourquoi faut-il que « le goujat » ne se contente pas d'être *debout*, et qu'il ait toujours l'air de chercher à se venger de *l'empereur enterré?*

Mais, mon ami, me voici bien loin du Falkenburg. J'y reviens. — C'était beaucoup pour moi de me savoir dans ce nid de légendes, et de pouvoir dire des choses précises à ces vieilles tours qui se tiennent encore si fières et si droites quoique mortes et laissant aller leurs entrailles dans l'herbe. J'étais donc dans ce manoir fameux dont je vous conterai peut-être les aventures, si vous ne les savez pas. Guntram et Liba surtout me revenaient à l'esprit. C'est sur ce pont que Guntram rencontra les deux hommes qui portaient un cercueil. C'est dans cet escalier que Liba se jeta dans ses bras et lui dit en riant : Un cercueil? non, c'est le lit nuptial que tu auras vu. C'est près de cette cheminée, encore scellée au mur sans plancher et sans plafond, qu'était le bois de lit qu'on venait d'apporter et qu'elle lui montra. C'est dans cette cour, aujourd'hui pleine de ciguës en fleurs, que Guntram, conduisant sa fiancée à l'autel, vit marcher devant lui, visibles pour lui seul, un chevalier vêtu de noir et une femme voilée. C'est dans cette chapelle romane écroulée, où des lézards vivants se promènent sur les lézards sculptés, qu'au moment de passer l'anneau bénit au joli doigt rose de sa fiancée, il sentit tout à coup une main froide dans la sienne, — la main de la pucelle du château de la forêt qui se peignait la nuit en chantant près d'un tombeau ouvert et vide. — C'est dans cette salle basse qu'il expira et que Liba mourut de le voir mourir.

Les ruines font vivre les contes, et les contes le leur rendent.

J'ai passé plusieurs heures dans les décombres, assis sous d'impénétrables broussailles et laissant venir les idées qui me venaient. *Spiritus loci.* Ma prochaine lettre vous les portera peut-être.

Cependant la faim aussi m'était venue, et vers trois heures, grâce au chevrier français dont les belles voyageuses m'avaient parlé et que j'avais heureusement rencontré, j'ai pu gagner un village au bord du Rhin, qui est, je crois, Trecktlingshausen, l'ancien Trajani Castrum.

Il n'y avait là pour toute auberge qu'une taverne à bière et pour tout dîner qu'un gigot fort dur, dont un étudiant, lequel fumait sa pipe à la porte, essaya de me détourner en me disant qu'un Anglais affamé, arrivé une heure avant moi, n'avait pu l'entamer et s'y était rebuté. Je n'ai pas répondu fièrement comme le maréchal de Créqui devant la forteresse génoise de Gavi : *Ce que Barberousse n'a pu prendre, Barbegrise le prendra;* mais j'ai mangé le gigot.

Je me suis remis en marche comme le soleil baissait.

Le paysage était ravissant et sévère. J'avais laissé derrière moi la chapelle gothique de Saint-Clément. J'avais à ma gauche la rive droite du Rhin chargée de vignes et d'ardoises. Les derniers rayons du soleil rougissaient au loin les fameux coteaux d'Assmannshausen, au pied duquel des vapeurs, des fumées peut-être, me révélaient Aulhausen, le village des potiers de terre. Au-dessus de la route que je suivais, au-dessus de ma tête, se dressaient échelonnés de montagne en montagne, trois châteaux : le Reichenstein et le Rheinstein, démolis par Rodolphe de Habsburg et rebâtis par le comte palatin ; et le Vaugtsberg, habité en 1348 par Kuno de Falkenstein et restauré aujourd'hui par le prince Frédéric de Prusse. Le Vaugtsberg a joué un grand rôle dans les guerres du droit manuel. L'archevêque de Mayence l'engagea un jour à l'empereur d'Allemagne pour quarante mille livres tournois. Ceci me rappelle que, lorsque Thibaut, comte de Champagne, ne sachant comment s'acquitter vis-à-vis de la reine de Chypre, vendit à *son très-cher seigneur Louis roi de France* la comté de Chartres, la comté de Blois, la comté de Sancerre et la vicomté de Châteaudun, ce fut également pour la somme de quarante mille livres. Aujourd'hui quarante mille livres, c'est le prix dont un huissier retiré paye sa maison de campagne à Bagatelle ou à Pantin.

Cependant je faisais à peine attention à ce paysage et à ces souvenirs. Depuis que le jour déclinait, je n'avais plus qu'une pensée. Je savais qu'avant d'arriver à Bingen, un peu en deçà du confluent de la Nahe, je rencontrerais un étrange édifice, une lugubre masure debout dans les roseaux au milieu du fleuve entre deux hautes montagnes. Cette masure, c'est la Maüsethurm.

Dans mon enfance, j'avais au-dessus de mon lit un petit tableau entouré d'un cadre noir que je ne sais quelle servante allemande avait accroché au mur. Il représentait une vieille tour isolée, moisie, délabrée, entourée d'eaux profondes et noires qui la couvraient de vapeurs et de montagnes qui la couvraient d'ombre. Le ciel de cette tour était morne et plein de nuées hideuses. Le soir, après avoir prié Dieu et avant de m'endormir, je regardais toujours ce tableau. La nuit je le revoyais dans mes rêves, et je l'y revoyais terrible. La tour grandissait, l'eau bouillonnait, un éclair tombait des nuées, le vent sifflait dans les montagnes et semblait par moments jeter des clameurs. Un jour je demandai à la servante comment s'appelait cette tour. Elle me répondit, en faisant un signe de croix : la Maüsethurm.

Et puis elle me raconta une histoire. Qu'autrefois à Mayence, dans son pays, il y avait eu un méchant archevêque nommé Hatto, qui était aussi abbé de Fuld, prêtre avare, disait-elle, *ouvrant plutôt la main pour bénir que pour donner*. Que dans une année mauvaise il acheta tout le blé pour le revendre fort cher au peuple, car ce prêtre voulait être riche. Que la famine devint si grande, que les paysans mouraient de faim dans les villages du Rhin. Qu'alors le peuple s'assembla autour du burg de Mayence, pleurant et demandant du pain. Que l'archevêque refusa. Ici l'histoire devint horrible. Le peuple affamé ne se dispersait pas et entourait le palais de l'archevêque en gémissant. Hatto, ennuyé, fit cerner ces pauvres gens par ses archers, qui saisirent les hommes et les femmes, les vieillards et les enfants, et enfermèrent cette foule dans une grange à laquelle ils mirent le feu. Ce fut, ajoutait la bonne vieille, *un spectacle dont les pierres eussent pleuré*. Hatto n'en fit que rire; et comme les misérables, expirant dans les flammes, poussaient des cris lamentables, il se prit à dire : *Entendez-vous siffler les rats?* Le lendemain la grange fatale était en cendres ; il n'y avait plus de peuple dans Mayence ; la ville semblait morte et déserte, quand tout à coup une multitude de rats, pullulant dans la grange brûlée comme les vers dans les ulcères d'Assuérus, sortant de dessous terre, surgissant d'entre les pavés, se faisant jour aux fentes des murs, renaissant sous le pied qui les écrasait, se multipliant sous les pierres et sous les massues, inondèrent les rues, la citadelle, le palais, les caves, les chambres et les alcôves. C'était un fléau, c'était une plaie, c'était un fourmillement hideux. Hatto éperdu quitta Mayence et s'enfuit dans la plaine, les rats le suivirent ; il courut s'enfermer dans Bingen, qui avait de hautes murailles, les rats passèrent par-dessus les murailles et entrèrent dans Bingen. Alors l'archevêque fit bâtir une tour au milieu du Rhin et s'y réfugia à l'aide d'une barque autour de laquelle dix archers battaient l'eau ; les rats se jetèrent à la nage, traversèrent le Rhin, grimpèrent sur la tour, rongèrent les portes, le toit, les fenêtres, les planchers et les plafonds, et, arrivés enfin jusqu'à la basse fosse où s'était caché le misérable archevêque, l'y dévorèrent tout vivant. — Maintenant la malédiction du ciel et l'horreur des hommes sont sur cette tour, qui s'appelle la Maüsethurm. Elle est déserte ; elle tombe en ruine au milieu du fleuve ; et quelquefois la nuit on en voit sortir une étrange vapeur rougeâtre, qui ressemble à la fumée d'une fournaise : c'est l'âme de Hatto qui revient.

Avez-vous remarqué une chose? L'histoire est parfois immorale, les contes sont toujours honnêtes, moraux et vertueux. Dans l'histoire volontiers le plus fort prospère, les tyrans réussissent, les bourreaux se portent bien, les monstres engraissent, les Sylla se transforment en bons bourgeois, les Louis XI et les Cromwell meurent dans leur lit. Dans les contes, l'enfer est toujours visible. Pas de faute qui n'ait son châtiment, parfois même exagéré; pas de crime qui n'amène son supplice, souvent effroyable; pas de méchant qui ne devienne un malheureux, quelquefois fort à plaindre. Cela tient à ce que l'histoire se meut dans l'infini, et le conte dans le fini. L'homme, qui fait le conte, ne se sent pas le droit de poser les faits et d'en laisser supposer les conséquences; car il tâtonne dans l'ombre, il n'est sûr de rien, il a besoin de tout borner par un enseignement, un conseil et une leçon; et il n'oserait pas inventer des événements sans conclusion immédiate. Dieu, qui fait l'histoire, montre ce qu'il veut et sait le reste.

Maüsethurm est un mot commode. On y voit ce qu'on désire y voir. Il y a des esprits qui se croient positifs et qui ne sont qu'arides; qui chassent la poésie de tout, et qui sont toujours prêts à lui dire, comme cet autre homme positif au rossignol : *Veux-tu te taire, vilaine bête!* Ces esprits-là affirment que Maüsethurm vient de *maus* ou *mauth*, qui signifie *péage*. Ils déclarent qu'au dixième siècle, avant que le lit du fleuve fût élargi, le passage du Rhin n'était ouvert que du côté gauche, et que la ville de Bingen avait établi, au moyen de cette tour, son droit de barrière sur les bateaux. Ils s'appuient sur ce qu'il y a encore près de Strasbourg deux tours pareilles consacrées à une perception d'impôt sur les passants, lesquelles s'appellent également Maüsethurm. Pour ces graves penseurs inaccessibles aux fables, la tour maudite est un octroi et Hatto est un douanier.

Pour les bonnes femmes, parmi lesquelles je me range avec empressement, Maüsethurm vient de *maüse*, qui vient de *mus* et qui veut dire *rat*. Ce prétendu péage est la Tour des Souris et ce douanier est un spectre.

Après tout, les deux opinions peuvent se concilier. Il n'est pas absolument impossible que, vers le seizième ou le dix-septième siècle, après Luther, après Erasme, des bourgmestres esprits forts aient *utilisé* la tour de Hatto et momentanément installé quelque taxe et quelque péage dans cette ruine mal hantée. Pourquoi pas? Rome a bien fait du temple d'Antonin sa douane, la *dogana*. Ce que Rome a fait à l'histoire, Bingen a bien pu le faire à la légende.

De cette façon *Mauth* aurait raison et *Maüse* n'aurait pas tort.

Quoi qu'il en soit, depuis qu'une vieille servante m'avait conté le conte de Hatto, la Maüsethurm avait toujours été une des visions familières de mon esprit. Vous le savez, il n'y a pas d'homme qui n'ait ses fantômes, comme il n'y a pas d'homme qui n'ait ses chimères. La nuit nous appartenons aux songes; tantôt c'est un rayon qui les traverse, tantôt c'est une flamme; et, selon le reflet colorant, le même rêve est une gloire céleste ou une apparition de l'enfer. Effet de feux de Bengale qui se produit dans l'imagination.

Je dois dire que jamais la Tour des Rats, au milieu de sa flaque d'eau, ne m'était apparue autrement qu'horrible.

Aussi, vous l'avouerai-je? quand le hasard, qui me promène un peu à sa fantaisie, m'a amené sur les bords du Rhin, la première pensée qui m'est venue, ce n'est pas que je verrais le dôme de Mayence, ou la cathédrale de Cologne, ou la Pfalz, c'est que je visiterais la Tour des Rats.

Jugez donc de ce qui se passait en moi, pauvre poëte croyeur, sinon croyant, et pauvre antiquaire passionné que je suis. Le crépuscule succédait lentement au jour, les collines devenaient brunes, les arbres devenaient noirs, quelques étoiles scintillaient, le Rhin bruissait dans l'ombre, personne ne passait sur la route blanchâtre et confuse qui se raccourcissait pour mon regard à mesure que la nuit s'épaississait, et qui se perdait, pour ainsi dire, dans une fumée à quelques pas devant moi. Je marchais lentement, l'œil tendu dans l'obscurité; je sentais que j'approchais de la Maüsethurm et que dans peu d'instants cette masure redoutable, qui n'avait été pour moi jusqu'à ce jour qu'une hallucination, allait devenir une réalité.

Un proverbe chinois dit : Tendez trop l'arc, le javelot dévie. C'est ce qui arrive à la pensée. Peu à peu cette vapeur qu'on appelle la rêverie entra dans mon esprit. Les vagues rumeurs du feuillage murmuraient à peine dans la montagne; le cliquetis clair, faible et charmant d'une forge éloignée et invisible arrivait jusqu'à moi; j'oubliai insensiblement la Maüsethurm, les rats et l'archevêque; je me mis à écouter, tout en marchant, ce bruit d'enclume, qui est parmi les voix du soir une de celles qui éveillent en moi le plus d'idées inexprimables; il avait cessé que je l'écoutais encore, et je ne sais comment il se trouva au bout d'un quart d'heure que j'avais fait, presque sans le vouloir, les vers quelconques que voici :

L'Amour forgeait. Au bruit de son enclume,
Tous les oiseaux, troublés, rouvraient les yeux;
Car c'était l'heure où se répand la brume,

Où sur les monts, comme un feu qui s'allume.
Brille Vénus, l'escarboucle des cieux

La grive au nid, la caille en son champ d'orge,
S'interrogeaient, disant : Que fait-il là?
Que forge-t-il si tard? — Un rouge-gorge.
Leur répondit : Moi, je sais ce qu'il forge;
C'est un regard qu'il a pris à Stella.

Et les oiseaux, riant du jeune maître,
De s'écrier : Amour, que ferez-vous
De ce regard qu'aucun fiel ne pénètre?
Il est trop pur pour vous servir, ô traître!
Pour vous servir, méchant, il est trop doux!

Mais Cupido, parmi les étincelles,
Leur dit : Dormez, petits oiseaux des bois;
Couvez vos œufs et repliez vos ailes.
Les purs regards sont mes flèches mortelles;
Les plus doux yeux sont mes pires carquois.

Comme je terminais cette chose, la route tourna, et je m'arrêtai brusquement. Voici ce que j'avais devant moi. A mes pieds, le Rhin courant et se hâtant dans les broussailles avec un murmure rauque et furieux, comme s'il s'échappait d'un mauvais pas; à droite et à gauche, des montagnes ou plutôt de grosses masses d'obscurité perdant leur sommet dans les nuées d'un ciel sombre piqué çà et là de quelques étoiles; au fond, pour horizon, un immense rideau d'ombre; au milieu du fleuve, au loin, debout dans une eau plate, huileuse et comme morte, une grande tour noire, d'une forme horrible, du faîte de laquelle sortait, en s'agitant avec des balancements étranges, je ne sais quelle nébulosité rougeâtre. Cette clarté, qui ressemblait à la réverbération de quelque soupirail embrasé, ou à la vapeur d'une fournaise, jetait sur les montagnes un rayonnement pâle et blafard, faisait saillir à mi-côte sur la rive droite une ruine lugubre, semblable à la larve d'un édifice, et se reflétait jusqu'à moi dans le miroitement fantastique de l'eau.

Figurez-vous, si vous pouvez, ce paysage sinistre vaguement dessiné par des lueurs et des ténèbres.

Du reste, pas un bruit humain dans cette solitude, pas un cri d'oiseau ; un silence glacial et morne, troublé seulement par la plainte irritée et monotone du Rhin.

J'avais sous les yeux la Maüsethurm.

Je ne me l'étais pas imaginée plus effrayante. Tout y était : la nuit, les nuées, les montagnes, les roseaux frissonnants, le bruit du fleuve plein d'une secrète horreur comme si l'on entendait le sifflement des hydres cachées sous l'eau, les souffles tristes et faibles du vent, l'ombre, l'abandon, l'isolement, et jusqu'à la *vapeur de fournaise* sur la tour, jusqu'à l'âme de Hatto !

Je tenais donc mon rêve, et il restait rêve?

Il me prit alors une idée, la plus simple du monde, mais qui dans ce moment-là me fit l'effet d'un vertige : je voulus sur-le-champ, à cette heure, sans attendre au lendemain, sans attendre au jour, aborder cette masure. L'apparition était sous mes yeux, la nuit était profonde, le pâle fantôme de l'archevêque se dressait sur le Rhin ; c'était le moment de visiter la Tour des Rats.

Mais comment faire? où trouver un bateau? à une telle heure? dans un tel lieu? Traverser le Rhin à la nage, c'eût été pousser le goût des spectres un peu loin. D'ailleurs, eussé-je été assez grand nageur et assez grand fou pour cela, il y a précisément à cet endroit, à quelques brasses de la Maüsethurm, un gouffre des plus redoutables, le Bingerloch, qui avalait jadis des galiotes comme un requin avale un hareng, et pour qui, par conséquent, un nageur ne serait pas même un goujon. J'étais fort embarrassé.

Tout en cheminant pour me rapprocher de la ruine, je me rappelai que les palpitations de la cloche d'argent et les revenants du donjon de Velmich n'empêchaient pas les ceps et les échalas d'exploiter leur colline et d'escalader leurs décombres, et j'en conclus que, le voisinage d'un gouffre rendant nécessairement la rivière très-poissonneuse, je rencontrerais probablement au bord de l'eau, près de la tour, quelque cabane de pêcheur de saumon. Quand des vignerons bravent Falkenstein et sa souris, des pêcheurs peuvent bien affronter Hatto et ses rats.

Je ne me trompais pas. Je marchai pourtant longtemps encore sans rien rencontrer. J'atteignis le point de la rive le plus voisin de la ruine, je le dépassai, j'arrivai presque jusqu'au confluent de la Nahe, et je commençais à ne plus espérer de batelier, lorsque, en descendant jusqu'aux osiers du bord, j'aperçus une de ces grandes araignées-filets dont je vous ai parlé. A quelques pas du filet était amarrée une barque dans laquelle dormait un homme enveloppé dans une couverture. J'entrai dans la barque, je réveillai l'homme, je lui montrai un de ces gros écus de Saxe qui valent deux florins quarante-deux kreutzers, c'est-à-dire six francs; il me comprit, et quelques minutes après, sans avoir dit un mot, comme si nous eussions été deux spectres nous-mêmes, nous nagions vers la Maüsethurm.

Quand je fus au milieu du fleuve, il me sembla que la tour, dont nous approchions, au lieu de croître, diminuait; c'était la grandeur du Rhin qui la rapetissait. Cet effet dura peu. Comme j'avais pris le bateau à un point du rivage situé plus haut que la Maüsethurm, nous descendions le Rhin et nous avancions rapidement.

J'avais les yeux fixés sur la tour, au sommet de laquelle apparaissait toujours la vague lueur, et que je voyais maintenant grandir distinctement, à chaque coup de rame, d'une manière qui, je ne sais pourquoi, me semblait terrible. Tout à coup je sentis la barque s'affaisser brusquement sous moi comme si l'eau pliait sous elle, la secousse fit rouler ma canne à mes pieds ; je regardai mon compagnon, lui-même me regarda avec un sourire qui, éclairé sinistrement par la réverbération surnaturelle de la Maüsethurm, avait quelque chose d'effrayant, et il me dit : *Bingerloch*. Nous étions sur le gouffre.

Le bateau tourna ; l'homme se leva, saisit un croc d'une main et une corde de l'autre, plongea le croc dans la vague en s'y appuyant de tout son poids et se mit à marcher sur le bordage. Pendant qu'il marchait, le dessous de la barque froissait avec un bruit rauque la crête des rochers cachés sous l'eau.

Cette délicate manœuvre se fit simplement, avec une adresse merveilleuse et un admirable sang-froid, sans que l'homme proférât une parole.

Tout à coup il tira son croc de l'eau et le tint en arrêt horizontalement en jetant un des bouts de la corde hors du bateau. La barque s'arrêta rudement. Nous abordions.

Je levai les yeux. A une demi-portée de pistolet, sur une petite île qu'on n'aperçoit pas du bord du fleuve, se dressait la Maüsethurm, sombre, énorme, formidable, déchiquetée à son sommet, largement et profondément rongée à sa base, comme si les rats effroyables de la légende avaient mangé jusqu'aux pierres.

La lueur n'était plus une lueur ; c'était un flamboiement éclatant et farouche qui jetait au loin de longs rayonnements jusqu'aux montagnes et sortait par les crevasses et par les baies difformes de la tour comme par les trous d'une lanterne sourde gigantesque.

Il me semblait entendre dans le fatal édifice une sorte

de bruit singulier, strident et continu, pareil à un grincement.

Je mis pied à terre, je fis signe au batelier de m'attendre, et je m'avançai vers la masure.

Enfin j'y étais! — C'était bien la tour de Hatto, c'était bien la tour des rats, la Maüsethurm! elle était devant mes yeux, à quelques pas de moi, et j'allais y entrer! — Entrer dans un cauchemar, marcher dans un cauchemar, toucher aux pierres d'un cauchemar, arracher de l'herbe d'un cauchemar, se mouiller les pieds dans l'eau d'un cauchemar, c'est là, à coup sûr, une sensation extraordinaire.

La façade vers laquelle je marchais était percée d'une petite lucarne et de quatre fenêtres inégales toutes éclairées, deux au premier étage, une au second et une au troisième. A hauteur d'homme, au-dessous des deux fenêtres d'en bas, s'ouvrait toute grande une porte basse et large, communiquant avec le sol au moyen d'une épaisse échelle de bois à trois échelons. Cette porte, qui jetait plus de clarté encore que les fenêtres, était munie d'un battant de chêne grossièrement assemblé que le vent du fleuve faisait crier doucement sur ses gonds. Comme je me dirigeais vers cette porte, assez lentement à cause des pointes de rochers mêlées aux broussailles, je ne sais quelle masse ronde et noire passa rapidement auprès de moi, presque entre mes pieds, et il me sembla voir un gros rat s'enfuir dans les roseaux.

J'entendais toujours le grincement.

Je n'en continuai pas moins d'avancer, et en quelques enjambées je fus devant la porte.

Cette porte, que l'architecte du méchant évêque n'avait pratiquée qu'à quelques pieds au-dessus du sol, probablement pour faire de cette escalade un obstacle aux rats, avait jadis été l'entrée de la chambre basse de la tour; maintenant il n'y avait plus dans la masure ni chambre basse ni chambres hautes. Tous les étages tombés l'un sur l'autre, tous les plafonds successivement écroulés, ont fait de la Maüsethurm une salle enfermée entre quatre hautes murailles, qui a pour sol des décombres et pour plafond les nuées du ciel.

Cependant j'avais hasardé mon regard dans l'intérieur de cette salle, d'où sortaient un grincement si étrange et un rayonnement si extraordinaire. Voilà ce que je vis :

Dans un angle faisant face à la porte il y avait deux hommes. Ces hommes me tournaient le dos. Ils se penchaient, l'un accroupi, l'autre courbé, sur une espèce d'étau en fer qu'avec un peu d'imagination on aurait fort bien pu prendre pour un instrument de torture. Ils étaient pieds nus, bras nus, vêtus de haillons, avec un tablier de cuir sur les genoux et une grosse veste à capuchon sur le dos. L'un était vieux, je voyais ses cheveux gris; l'autre était jeune, je voyais ses cheveux blonds, qui semblaient rouges, grâce au reflet de pourpre d'une grande fournaise allumée à l'angle opposé de la masure. Le vieux avait son capuchon incliné à droite comme les guelfes, le jeune le portait incliné à gauche comme les gibelins. Du reste ce n'était ni un gibelin ni un guelfe; ce n'étaient pas non plus deux bourreaux, ni deux démons, ni deux spectres; c'étaient deux forgerons. Cette fournaise, où rougissait une longue barre de fer, était leur cheminée. La lueur, qui figurait si étrangement dans ce mélancolique paysage l'âme de Hatto changée par l'enfer en flamme vivante, c'était le feu et la fumée de cette cheminée. Le grincement, c'était le bruit d'une lime. Près de la porte, à côté d'un baquet plein d'eau, deux marteaux à longs manches s'appuyaient sur une enclume; c'est cette enclume que j'avais entendue environ une heure auparavant et qui m'avait fait faire les vers que vous venez de lire.

Ainsi aujourd'hui la Maüsethurm est une forge. Pourquoi n'aurait-elle pas été une douane jadis? Vous voyez, mon ami, que décidément *Mauth* n'a peut-être pas tort...

Rien de plus dégradé et de plus décrépit que l'intérieur de cette tour. Ces murs, auxquels furent attachées les splendides tapisseries épiscopales où les rats, disent les légendes, *rongèrent partout le nom de Hatto*, ces murs sont à présent nus, ridés, creusés par les pluies, verdis au dehors par les brumes du fleuve, noircis au dedans par la fumée de la forge.

Les deux forgerons étaient du reste les meilleures gens du monde. Je montai l'échelle et j'entrai dans la masure. Ils me montrèrent à côté de leur cheminée la porte étroite et crevassée d'une tourelle sans fenêtres, aujourd'hui inaccessible, où, dirent-ils, l'archevêque se réfugia d'abord. Puis ils m'ont prêté une lanterne et j'ai pu visiter toute la petite île. C'est une longue et étroite langue de terre où croît partout, au milieu d'une ceinture de joncs et de roseaux, l'*euphorba officinalis*. A chaque instant, en parcourant cette île, le pied se heurte à des monticules ou s'enfonce dans des galeries souterraines. Les taupes y ont remplacé les rats.

Le Rhin a déchaussé et mis à nu la pointe orientale de l'îlot qui lutte comme une proue contre son courant. Il n'y a là ni terre ni végétation, mais un rocher de marbre rose qui, à la lueur de ma lanterne, me semblait veiné de sang.

C'est sur ce marbre qu'est bâtie la tour.

La Tour des Rats est carrée. La tourelle, dont les forgerons m'avaient montré l'intérieur, fait sur la face qui regarde Bingen un renflement pittoresque. La coupe pentagonale de cette tourelle longue et élancée, et les mâchicoulis postiches sur lesquels elle s'appuie, indiquent une construction du onzième siècle. C'est au-dessous de la tourelle que les rats semblent avoir rongé profondément la base de la tour. Les baies de la tour ont tellement perdu toute forme, qu'il serait impossible d'en conclure aucune date. Le parement, écorché çà et là, dessine sur les parois extérieures une lèpre hideuse. Des pierres informes, qui ont été des créneaux ou des mâchicoulis, figurent au sommet de l'édifice des dents de cachalot ou des os de mastodonte scellés dans la muraille.

Au-dessus de la tourelle, à l'extrémité d'un long mât, flotte et se déchire au vent un triste haillon blanc et noir. Je trouvai d'abord je ne sais quelle harmonie entre cette ruine de deuil et cette loque funèbre. Mais c'est tout simplement le drapeau prussien.

Je me suis rappelé qu'en effet les domaines du grand-duc de Hesse finissent à Bingen. La Prusse rhénane y commence.

Ne prenez pas, je vous prie, en mauvaise part ce que je vous dis là du drapeau de Prusse. Je vous parle de l'effet produit; rien de plus. Tous les drapeaux sont glorieux. Qui aime le drapeau de Napoléon n'insultera jamais le drapeau de Frédéric.

Après avoir tout vu et cueilli un brin d'euphorbe, j'ai quitté la Maüsethurm. Mon batelier s'était rendormi. Au moment où il reprenait son aviron et où la barque s'éloignait de l'île, les deux forgerons s'étaient remis à l'enclume, et j'entendais siffler dans le baquet d'eau la barre de fer rouge qu'ils venaient d'y plonger.

Maintenant que vous dirai-je? Qu'une demi-heure après j'étais à Bingen, que j'avais grand'faim, et qu'après mon souper, quoique je fusse fatigué, quoiqu'il fût très-tard, quoique les bons bourgeois fussent endormis, je suis monté, moyennant un thaler offert à propos, sur le Klopp, vieux château ruiné qui domine Bingen.

Là j'ai eu un spectacle digne de clore cette journée où j'avais vu tant de choses et coudoyé tant d'idées.

La nuit était à son moment le plus assoupi et le plus profond. Au-dessous de moi un amas de maisons noires gisait comme un lac de ténèbres. Il n'y avait plus dans toute la ville que sept fenêtres éclairées. Par un hasard étrange, ces sept fenêtres, pareilles à sept rouges étoiles, reproduisaient avec une exactitude parfaite la Grande-Ourse, qui étincelait, en cet instant-là même, pure et blanche au fond du ciel; si bien que la majestueuse constellation, allumée à des millions de lieues au-dessus de nos têtes, semblait se refléter à mes pieds dans un miroir d'encre.

LETTRE XX

LÉGENDE DU BEAU PÉCOPIN ET DE LA BELLE BAULDOUR.

I Légende.

II L'oiseau Phénix et la planète Vénus.

III Où est expliquée la différence qu'il y a entre l'oreille d'un jeune homme et l'oreille d'un vieillard.

IV Où il est traité des diverses qualités propres aux diverses ambassades.

V Bons effets d'une bonne pensée.

VI Où l'on voit que le diable lui-même a tort d'être gourmand.

VII Propositions amiables d'un vieux savant retiré dans une cabane de feuillage.

VIII Le chrétien errant.

IX Où l'on voit à quoi peut s'amuser un nain dans une forêt.

X *Equis canibusque.*

XI A quoi l'on s'expose en montant un cheval qu'on ne connaît pas.

XII Description d'un mauvais gîte.

XIII Telle auberge, telle table d'hôte.

XIV Nouvelle manière de tomber de cheval.

XV Où l'on voit quelle est la figure de rhétorique dont le bon Dieu use le plus volontiers.

XVI Où est traitée la question de savoir si l'on peut reconnaître quelqu'un qu'on ne connaît pas.

XVII Les bagatelles de la porte.

XVIII Où les esprits graves apprendront quelle est la plus impertinente des métaphores.

XIX Belles et sages paroles de quatre philosophes à deux pieds ornés de plumes.

Bingen, août.

Je vous avais promis quelqu'une des légendes fameuses du Falkenburg, peut-être même la plus belle, la sombre aventure de Guntram et de Liba. Mais j'ai réfléchi. A quoi bon vous conter des contes que le premier recueil venu vous contera, et vous contera mieux que moi? Puisque vous voulez absolument des histoires pour vos petits enfants, en voici une, mon ami. C'est une légende que du moins vous ne trouverez dans aucun légendaire. Je vous l'envoie telle que je l'ai écrite sous les murailles mêmes du manoir écroulé, avec la fantastique forêt de Sonn sous les yeux, et, à ce qu'il me semblait, sous la dictée même des arbres, des oiseaux et du vent des ruines. Je venais de causer avec ce vieux soldat français qui s'est fait chevrier dans ces montagnes, et qui est devenu presque sauvage et presque sorcier; singulière fin pour un tambour-maître du trente-septième léger. Ce brave homme, ancien enfant de troupe dans les armées voltairiennes de la République, m'a paru croire aujourd'hui aux fées et aux gnomes comme il a cru jadis à l'empereur. La solitude agit toujours ainsi sur l'intelligence; elle développe la poésie qui est toujours dans l'homme; tout pâtre est rêveur.

J'ai donc écrit ce conte bleu dans le lieu même, caché dans le ravin-fossé, assis sur un bloc qui a été un rocher jadis, qui a été une tour au douzième siècle et qui est redevenu un rocher, cueillant de temps en temps, pour en aspirer l'âme, une fleur sauvage, un de ces liserons qui sentent si bon et qui meurent si vite, et regardant tour à tour l'herbe verte et le ciel radieux pendant que de grandes nuées d'or se déchiraient aux sombres ruines du Falkenburg.

Cela dit, voici l'histoire :

I

LÉGENDE.

Le beau Pécopin aimait la belle Bauldour, et la belle Bauldour aimait le beau Pécopin. Pécopin était fils du burgrave de Sonneck, et Bauldour était fille du sire de Falkenburg. L'un avait la forêt, l'autre avait la montagne. Or quoi de plus simple que de marier la montagne à la forêt? Les deux pères s'entendirent, et l'on fiança Bauldour à Pécopin.

Ce jour-là, c'était un jour d'avril, les sureaux et les aubépines en fleurs s'ouvraient au soleil dans la forêt, mille petites cascades charmantes, neiges et pluies changées en ruisseaux, horreurs de l'hiver devenues les grâces du printemps, sautaient harmonieusement dans la montagne, et l'amour, cet avril de l'homme, chantait, rayonnait et s'épanouissait dans le cœur des deux fiancés.

Le père de Pécopin, vieux et vaillant chevalier, l'honneur du Nahegau, mourut quelque temps après les accordailles, en bénissant son fils et en lui recommandant Bauldour. Pécopin pleura, puis peu à peu, de la tombe où son père avait disparu, ses yeux se reportèrent au doux et radieux visage de sa fiancée, et il se consola. Quand la lune se lève, songe-t-on au soleil couché?

Pécopin avait toutes les qualités d'un gentilhomme, d'un jeune homme et d'un homme. Bauldour était une reine dans le manoir, une sainte vierge à l'église, une nymphe dans les bois, une fée à l'ouvrage.

Pécopin était grand chasseur, et Bauldour était belle fileuse. Or il n'y a pas de haine entre le fuseau et la carnassière. La fileuse file pendant que le chasseur chasse. Il est absent, la quenouille console et désennuie. La meute aboie, le rouet chante. La meute qui est au loin et qu'on entend à peine, mêlée au cor et perdue profondément dans les halliers, dit tout bas avec un vague bruit de fanfare : Songe à ton amant. Le rouet, qui force la belle rêveuse à baisser les yeux, dit tout haut et sans cesse avec sa petite voix douce et sévère : Songe à ton mari. Et, quand le mari et l'amant ne font qu'un, tout va bien.

Mariez donc la fileuse au chasseur, et ne craignez rien.

Cependant, je dois le dire, Pécopin aimait trop la chasse. Quand il était sur son cheval, quand il avait le faucon au poing ou quand il suivait le tartaret du regard, quand il entendait le jappement féroce de ses limiers aux jambes torses, il partait, il volait, il oubliait tout. Or en aucune chose il ne faut excéder. Le bonheur est fait de modération. Tenez en équilibre vos goûts et en bride vos appétits. Qui aime trop les chevaux et les chiens fâche les femmes; qui aime trop les femmes fâche Dieu.

Lorsque Bauldour, et cela arrivait souvent, lorsque Bauldour voyait Pécopin prêt à partir sur son cheval hennissant de joie et plus fier que s'il eût porté Alexandre le Grand en habits impériaux, lorsqu'elle voyait Pécopin le flatter, lui passer la main sur le cou, et, éloignant l'éperon du flanc, présenter au palefroi un bouquet d'herbe pour le rafraichir, Bauldour était jalouse du cheval. Quand Bauldour, cette noble et fière demoiselle, cet astre d'amour, de jeunesse et de beauté, voyait Pécopin caresser son dogue et approcher amicalement de son charmant et mâle visage cette tête camuse, ces gros naseaux, ces larges oreilles et cette gueule noire, Bauldour était jalouse du chien.

Elle rentrait dans sa chambre secrète, courroucée et triste, et elle pleurait. Puis elle grondait ses servantes, et après ses servantes elle grondait son nain. Car la colère chez les femmes est comme la pluie dans la forêt; elle tombe deux fois. *Bis pluit.*

Le soir Pécopin arrivait poudreux et fatigué. Bauldour boudait et murmurait un peu avec une larme dans le coin de son œil bleu. Mais Pécopin baisait sa petite main, et elle se taisait; Pécopin baisait son beau front, et elle souriait.

Le front de Bauldour était blanc, pur et admirable comme la trompe d'ivoire du roi Charlemagne.

Puis elle se retirait dans sa tourelle et Pécopin dans la sienne. Elle ne souffrait jamais que ce chevalier lui prît la ceinture. Un soir il lui pressa légèrement le coude, et elle rougit très-fort. Elle était fiancée et non mariée. Pudeur est à la femme ce que chevalerie est à l'homme.

II

L'oiseau Phénix et la planète Vénus.

Ils s'adoraient à faire envie.

Pécopin avait dans sa halle d'armes à Sonneck une grande peinture dorée représentant le ciel et les neuf cieux, chaque planète avec sa couleur propre et son nom écrit en vermillon à côté d'elle; Saturne blanc plombé; Jupiter clair, mais enflambé et un peu sanguin; Vénus l'orientale, embrasée; Mercure étincelant; la Lune avec sa glace argentine; le Soleil tout feu rayonnant. Pécopin effaça le nom de Vénus, et écrivit en place *Bauldour.*

Bauldour avait dans sa chambre aux parfums une tapisserie de haute lisse où était figuré un oiseau de la grandeur d'un aigle, avec le tour du cou doré, le corps de couleur de pourpre, la queue bleue mêlée de pennes incarnates, et sur la tête des crêtes surmontées d'une houppe de plumes. Au-dessous de cet oiseau merveilleux l'ouvrier avait écrit ce mot grec : *Phénix*. Bauldour effaça ce mot, et broda à la place ce nom : *Pécopin.*

Cependant le jour fixé pour les noces approchait. Pécopin en était joyeux et Bauldour en était heureuse.

Il y avait dans la vénerie de Sonneck un piqueur, drôle fort habile, de libre parole et de malicieux conseil, qui s'appelait Erilangus. Cet homme, jadis fort bel archer, avait été recherché en mariage par plusieurs riches paysannes du pays de Lorch ; mais il avait rebuté les épouseuses et s'était fait valet de chiens. Un jour que Pécopin lui en demandait la raison, Erilangus lui répondit : *Monseigneur, les chiens ont sept espèces de rage, les femmes en ont mille.* Un autre jour, apprenant les prochaines noces de son maître, il vint à lui hardiment et lui dit : *Sire, pourquoi vous mariez-vous?* Pécopin chassa ce valet.

Cela eût pu inquiéter le chevalier, car Erilangus était un esprit subtil et une longue mémoire. Mais la vérité est que ce valet s'en alla à la cour du marquis de Lusace, où il devint premier veneur, et que Pécopin n'en entendit plus parler.

La semaine qui devait précéder le mariage, Bauldour filait dans l'embrasure d'une fenêtre. Son nain vint l'avertir que Pécopin montait l'escalier. Elle voulut courir au-devant de son fiancé, et en sortant de sa chaise, qui était à dossier droit et sculpté, son pied s'embarrassa dans le fil de sa quenouille. Elle tomba. La pauvre Bauldour se releva. Elle ne s'était fait aucun mal, mais elle se souvint qu'un accident pareil était arrivé jadis à la châtelaine Liba, et elle se sentit le cœur serré.

Pécopin entra rayonnant, lui parla de leur mariage et de leur bonheur, et le nuage qu'elle avait dans l'âme s'envola.

III

Où est expliquée la différence qu'il y a entre l'oreille d'un jeune homme et l'oreille d'un vieillard.

Le lendemain de ce jour-là Bauldour filait dans sa chambre et Pécopin chassait dans le bois. Il était seul et n'avait avec lui qu'un chien. Tout en suivant le hasard de la chasse, il arriva près d'une métairie qui était à l'entrée de la forêt de Sonn et qui marquait la limite des domaines de Sonneck et de Falkenburg. Cette métairie était ombragée à l'orient par quatre grands arbres, un frêne, un orme, un sapin et un chêne, qu'on appelait dans le pays les *quatre Evangélistes*. Il paraît que c'étaient des arbres-fées. Au moment où Pécopin passait sous leur ombre, quatre oiseaux étaient perchés sur ces quatre arbres : un geai sur le frêne, un merle sur l'orme, une pie sur le sapin et un corbeau sur le chêne. Les quatre ramages de ces quatre bêtes emplumées se mêlaient d'une façon bizarre et semblaient par instants s'interroger et se répondre. On entendait en outre un pigeon, qu'on ne voyait pas parce qu'il était dans le bois, et une poule, qu'on ne voyait pas parce qu'elle était dans la basse-cour de la ferme. Quelques pas plus loin un vieillard tout courbé rangeait le long d'un mur des souches pour l'hiver. Voyant approcher Pécopin, il se retourna et se redressa. — Sire chevalier, s'écria-t-il, entendez-vous ce que disent ces oiseaux? — Bonhomme, répondit Pécopin, que m'importe! — Sire, reprit le paysan, pour le jeune homme, le merle siffle, le geai garrule, la pie glapit, le corbeau croasse, le pigeon roucoule, la poule glousse; pour le vieillard, les oiseaux parlent. — Le chevalier éclata de rire. — Pardieu! voilà des rêveries. — Le vieillard repartit gravement : — Vous avez tort, sire Pécopin. — Vous ne m'avez jamais vu, s'écria le jeune homme, comment savez-vous mon nom? — Ce sont les oiseaux qui le disent, répondit le paysan. — Vous êtes un vieux fou, brave homme, dit Pécopin. Et il passa outre.

Environ une heure après, comme il traversait une clairière, il entendit une sonnerie de cor et il vit paraître dans la futaie une belle troupe de cavaliers; c'était le comte palatin qui allait en chasse. Le comte palatin allait en chasse accompagné des burgraves, qui sont les comtes des châteaux, des wildgraves, qui sont les comtes des forêts, des landgraves, qui sont les comtes des terres, des rhingraves, qui sont les comtes du Rhin, et des raugraves, qui sont les comtes du droit du poing. Un cavalier gentilhomme du pfalzgraf, nommé Gaïrefroi, aperçut Pécopin, et lui cria : — Holà, beau chasseur! ne venez-vous pas avec nous? — Où allez-vous? dit Pécopin. — Beau chasseur, répondit Gaïrefroi, nous allons chasser un milan qui est à Heimburg et qui détruit nos faisans; nous allons chasser un vautour qui est à Vaugsberg et qui extermine nos lanerets; nous allons chasser un aigle qui est à Rheinstein et qui tue nos émérillons. Venez avec nous. — Quand serez-vous de retour? demanda Pécopin. — Demain, dit Gaïrefroi. — Je vous suis, dit Pécopin. La chasse dura trois jours. Le premier jour Pécopin tua le milan, le second jour Pécopin tua le vautour, le troisième jour Pécopin tua l'aigle. Le comte palatin s'émerveilla d'un si excellent archer. — Chevalier de Sonneck, lui dit-il, je te donne le fief de Rhineck, mouvant de ma tour de Gutenfels. Tu vas me suivre à Stæhlech pour en recevoir l'investiture et me prêter le serment d'allégeance, en mail public et en présence des échevins, *in mallo publico et coram scabinis*, comme disent les chartes du saint empereur Charlemagne. Il fallait obéir. Pécopin envoya à Bauldour un message dans lequel il lui annonçait tristement que la gracieuse volonté du pfalzgraf l'obligeait de se rendre sur-le-champ à Stahleck pour une très-grande et très-grosse affaire. — Soyez tranquille, madame ma mie, ajoutait-il en terminant, je serai de retour le mois prochain. — Le messager parti, Pécopin suivit le palatin et alla coucher avec les chevaliers de la suite du prince dans la châtellenie basse à Bacharach. Cette nuit-là il eut un rêve. Il revit en songe l'entrée de la forêt de Sonneck, la métairie, les quatre arbres et les quatre oiseaux; les oiseaux ne criaient, ni ne sifflaient, ni ne chantaient, ils parlaient. Leur ramage, auquel se mêlaient les voix de la poule et du pigeon, s'était changé en cet étrange dialogue, que Pécopin endormi entendit distinctement :

LE GEAI.

Le pigeon est au bois.

LE MERLE.

La poule dans la cour
Va disant : Pécopin.

LE GEAI.

Le pigeon dit : Bauldour.

LE CORBEAU.

Le sire est en chemin.

LA PIE.

La dame est dans la tour.

LE GEAI.

Reviendra-t-il d'Alep ?

LE MERLE.

De Fez?

LE CORBEAU.

De Damanhour?

LA PIE.

La poule a parié contre et le pigeon pour.

LA POULE.

Pécopin! Pécopin!

LE PIGEON.

Bauldour! Bauldour! Bauldour!

Pécopin se réveilla, il avait une sueur froide; dans le premier moment il se rappela le vieillard et il s'épouvanta, sans savoir pourquoi, de ce rêve et de ce dialogue; puis il chercha à comprendre, puis il ne comprit pas; puis il se rendormit, et le lendemain, quand le jour parut, quand il revit le beau soleil qui chasse les spectres, dissipe les songes et dore les fumées, il ne songea plus ni aux quatre arbres, ni aux quatre oiseaux.

IV

Où il est traité des diverses qualités propres aux diverses ambassades.

Pécopin était un gentilhomme de renommée, de race, d'esprit et de mine. Une fois introduit à la cour du pfalzgraf et installé dans son nouveau fief, il plut à ce point au palatin, que ce digne prince lui dit un jour : — Ami, j'envoie une ambassade à mon cousin de Bourgogne, et je t'ai choisi pour ambassadeur, à cause de ta gentille renommée. Pécopin dut faire ce que voulait son prince. Arrivé à Dijon, il se fit si bien distinguer par sa belle parole, que le duc lui dit un soir, après avoir vidé trois larges verres de vin de Bacharach : — Sire Pécopin, vous êtes notre ami; j'ai quelque démêlé de bec avec monseigneur le roi de France, et le comte palatin permet que je vous envoie près du roi, car je vous ai choisi pour ambassadeur, à cause de votre grande race. — Pécopin se rendit à Paris. Le roi le goûta fort, et le prenant à part un matin : — Pardieu, chevalier Pécopin, lui dit-il, puisque le palatin vous a prêté au Bourguignon pour le service de la Bourgogne, le Bourguignon vous prêtera bien au roi de France pour le service de la chrétienté. J'ai besoin d'un très-noble seigneur qui aille faire certaines remontrances de ma part au miramolin des Maures en Espagne, et je vous ai choisi pour ambassadeur, à cause de votre bel esprit. — On peut refuser son vote à l'empereur, on peut refuser sa femme au pape; on ne refuse rien au roi de France. Pécopin fit route pour l'Espagne. A Grenade le miramolin l'accueillit à merveille et l'invita aux zambras de l'Alhambra. Ce n'était chaque jour que fêtes, courses de cannes et de lances et chasses au faucon, et Pécopin y prenait part en grand jouteur et en grand chasseur qu'il était. En sa qualité de moricaud, le miramolin avait de bons lanerets, d'excellents sacrets et d'admirables tuniciens, et il y eut à ces chasses les plus belles volées imaginables. Cependant Pécopin n'oublia pas de faire les affaires du roi de France. Quand la négociation fut terminée, le chevalier se présenta chez le sultan pour lui faire ses adieux. — Je reçois vos adieux, sire chrétien, dit le miramolin, car vous allez en effet partir tout de suite pour Bagdad. — Pour Bagdad! s'écria Pécopin. — Oui, chevalier, reprit le prince maure; car je ne puis signer le traité avec le roi de Paris sans le consentement du calife de Bagdad, qui est commandeur des croyants; il me faut envoyer quelqu'un de considérable auprès du calife, et je vous ai choisi pour ambassadeur à cause de votre bonne mine. Quand on est chez les Maures, on va où veulent les Maures. Ce sont des chiens et des infidèles. Pécopin alla à Bagdad. Là il eut une aventure. Un jour qu'il passait sous les murs du sérail, la sultane favorite le vit, et comme il était beau, triste et fier, elle se prit d'amour pour lui. Elle lui envoya une esclave noire qui parla au chevalier dans le jardin de la ville à côté d'un grand tilleul mycrophylla qu'on y voit encore, et qui lui remit un talisman en lui disant : Ceci vient d'une princesse qui vous aime et que vous ne verrez jamais. Gardez ce talisman. Tant que vous le porterez sur vous, vous serez jeune. Quand vous serez en danger de mort, touchez-le, et il vous sauvera. — Pécopin à tout hasard accepta le talisman, qui était une fort belle turquoise incrustée de caractères inconnus. Il l'attacha à sa chaîne de cou. — Maintenant, monseigneur, ajouta l'esclave en le quittant, prenez garde à ceci : Tant que vous aurez cette turquoise à votre cou, vous ne vieillirez pas d'un jour; si vous la perdez, vous vieillirez en une minute de toutes les années que vous aurez laissées derrière vous. Adieu, beau giaour. — Cela dit, la négresse s'en alla. Cependant le calife avait vu l'esclave de la sultane accoster le chevalier chrétien. Ce calife était fort jaloux et un peu magicien. Il convia Pécopin à une fête, et, la nuit venue, il conduisit le chevalier sur une haute tour. Pécopin, sans y prendre garde, s'était avancé fort près du parapet, qui était très-bas, et le calife lui parla ainsi : — Chevalier, le comte palatin t'a envoyé au duc de Bourgogne à cause de ta noble renommée, le duc de Bourgogne t'a envoyé au roi de France à cause de ta grande race, le roi de France t'a envoyé au miramolin de Grenade à cause de ton bel esprit, le miramolin de Grenade t'a envoyé au calife de Bagdad à cause de ta bonne mine; moi, à cause de ta bonne renommée, de ta grande race, de ton bel esprit et de ta bonne mine, je t'envoie au diable. — En prononçant ce dernier mot, le calife poussa violemment Pécopin, qui perdit l'équilibre et tomba du haut de la tour.

V

Bons effets d'une bonne pensée.

Quand un homme tombe dans un gouffre, c'est un terrible éclair que celui qui frappe sa paupière en ce moment-là et qui lui montre à la fois la vie dont il va sortir et la mort où il va entrer. Dans cette minute suprême, Pécopin éperdu envoya sa dernière pensée à Bauldour et mit la main à son cœur; ce qui fit que, sans y songer, il toucha le talisman. A peine eut-il effleuré du doigt la turquoise magique, qu'il se sentit emporté comme par des ailes. Il ne tombait plus, il planait. Il vola ainsi toute la nuit. Au moment où le jour paraissait, la main invisible qui le soutenait le déposa sur une grève solitaire, au bord de la mer.

VI

Où l'on voit que le diable lui-même a tort d'être gourmand.

Or, en ce temps-là même, il était arrivé au diable une aventure désagréable et singulière. Le diable a coutume d'emporter les âmes qui sont à lui dans une hotte, ainsi que cela peut se voir sur le portail de la cathédrale de Fribourg en Suisse, où il est figuré avec une tête de porc sur les épaules, un croc à la main et une hotte de chiffonnier sur le dos; car le démon trouve et ramasse les âmes des méchants dans les tas d'ordures que le genre humain dépose au coin de toutes les grandes vérités terrestres ou divines. Le diable n'avait pas l'habitude de fermer sa hotte, ce qui fait que beaucoup d'âmes s'échappaient, grâce à la céleste malice des anges. Le diable s'en aperçut et mit à sa hotte un bon couvercle orné d'un bon cadenas. Mais les âmes, qui sont fort subtiles, furent peu gênées du couvercle; et, aidées par les petits doigts roses des chérubins, trouvèrent encore moyen de s'enfuir par les claires-voies de la hotte. Ce que voyant, le diable, fort dépité, tua un dromadaire, et de la peau de la bosse se fit une outre qu'il sut clore merveilleusement avec l'assistance du démon Hermès, et de laquelle il se sentait plus joyeux quand elle était remplie d'âmes qu'un écolier d'une bourse remplie de sequins d'or. C'est ordinairement dans la Haute-

Egypte, sur les bords de la mer Rouge, que le diable, après avoir fait sa tournée dans le pays des païens et des mécréants, remplit cette outre. Le lieu est fort désert; c'est une grève de sable près d'un petit bois de palmiers qui est situé entre Coma, où est né saint Antoine et Clisma, où est mort saint Sisoës.

Un jour donc que le diable avait fait encore meilleure chasse qu'à l'ordinaire, il remplissait gaiement son outre lorsque, se retournant par hasard, il vit à quelques pas de lui un ange qui le regardait en souriant. Le diable haussa les épaules et continua d'empiler dans ce sac les âmes qu'il avait, les épluchant fort peu, je vous jure; car tout est assez bon pour cette chaudière-là. Quand il eut fini, il empoigna l'outre d'une main pour la charger sur ses épaules; mais il lui fut impossible de la lever du sol, tant il y avait mis d'âmes et tant les iniquités dont elles étaient chargées les rendaient lourdes et pesantes. Il saisit alors cette besace d'enfer à deux bras; mais le second effort fut aussi inutile que le premier, l'outre ne bougea pas plus que si elle eût été la tête d'un rocher sortant de terre. « Oh! âmes de plomb! » dit le diable, et il se prit à jurer. En se retournant, il vit le bel ange qui le regardait en riant. « Que fais-tu là? cria le démon. — Tu le vois, dit l'ange, je souriais tout à l'heure et à présent je ris. — Oh! céleste volaille! grand innocent, va! » répliqua Asmodée. Mais l'ange devint sévère et lui parla ainsi : « Dragon, voici les paroles que je te dis de la part de celui qui est le Seigneur : tu ne pourras emporter cette charge d'âmes dans la géhenne tant qu'un saint du paradis ou un chrétien tombé du ciel ne t'aura pas aidé à la soulever de terre et à la poser sur tes épaules. » Cela dit, l'ange ouvrit ses ailes d'aigle et s'envola.

Le diable était fort empêché. « Que veut dire cet imbécile? grommelait-il entre ses dents. Un saint du paradis?

ou un chrétien tombé du ciel? J'attendrai longtemps si je dois rester là jusqu'à ce qu'une pareille assistance m'arrive! Pourquoi diantre aussi ai-je si outrageusement bourré cette sacoche? Et ce niais, qui n'est ni homme ni oiseau, se burlait de moi! Allons! il faut maintenant que j'attende le saint qui viendra du paradis ou le chrétien qui tombera du ciel. Voilà une stupide histoire, et il faut convenir qu'on s'amuse de peu de chose là-haut! » Pendant qu'il se parlait ainsi à lui-même, les habitants de Coma et de Clisma croyaient entendre le tonnerre gronder sourdement à l'horizon. C'était le diable qui bougonnait.

Pour un charretier embourbé, jurer est quelque chose, mais sortir de l'ornière c'est encore mieux. Le pauvre diable se creusait la tête et rêvait. C'est un drôle fort adroit que celui qui a perdu Eve. Il entre partout. Quand il veut, de même qu'il se glisse dans l'amour, il se glisse dans le paradis. Il a conservé des relations avec saint Cyprien le magicien, et il sait dans l'occasion se faire bienvenir des autres saints, tantôt en leur rendant de petits services mystérieux, tantôt en leur disant des paroles agréables. Il sait, ce grand savant, la conversation qui plaît à chacun. Il les prend tous par leur faible. Il apporte à saint Robert d'York les petits pains d'avoine au beurre. Il cause orfévrerie avec saint Eloi et cuisine avec saint Théodote. Il parle au saint évêque Germain du roi Childebert, au saint abbé Wandrille du roi Dagobert et au saint eunuque Usthazade du roi Sapor. Il parle à saint Paul le Simple de saint Antoine et il parle à saint Antoine de son cochon. Il parle à saint Loup de sa femme Piménióle, et il ne parle pas à saint Gomer de sa femme Gwinmarie. — Car le diable est le grand flatteur. Cœur de fiel, bouche de miel.

Cependant quatre saints, qui sont connus pour leur étroite amitié, saint Nil le Solitaire, saint Autremoine, saint Jean le Nain et saint Médard, étaient précisément allés ce jour-là se promener sur les bords de la mer Rouge. omme ils arrivaient, tout en conversant, près du bois de palmiers, le diable les vit venir vers lui avant d'être aperçu par eux. Il prit incontinent la forme d'un vieillard très-pauvre et très-cassé et se mit à pousser des cris lamentables. Les saints s'approchèrent. « Qu'est-ce? dit saint Nil. — Hélas! hélas! mes bons seigneurs, s'écria le diable, venez à mon aide, je vous en supplie. J'ai un très-méchant maître, je suis un pauvre esclave, j'ai un très-méchant maître qui est un marchand du pays de Fez. Or vous savez que tous ceux de Fez, les Maures, Numides, Garamantes et tous les habitants de la Barbarie, de la Nubie et de l'Egypte, sont mauvais, pervers, sujets aux femmes et aux copulations illicites, téméraires, ravisseurs, hasardeux et impitoyables à cause de la planète Mars. De plus, mon maître est un homme que tourmentent la bile noire, la bile jaune et la pituite à Cicéron; de là une mélancolie froide et sèche qui le rend timide, de peu de courage, avec beaucoup d'inventions néanmoins pour le mal. Ce qui retombe sur nous, pauvres esclaves, sur moi, pauvre vieux. — Où voulez-vous en venir, mon ami? dit saint Autremoine avec intérêt. — Voilà, mon bon seigneur, répondit le démon. Mon maître est un grand voyageur. Il a des manies. Dans tous les pays où il va, il a le goût de bâtir dans son jardin une montagne du sable qu'on ramasse au bord des mers près desquelles ce méchant homme s'établit. Dans la Zélande il a édifié un tas de sable fangeux et noir; dans la Frise un tas de gros sable mêlé de ces coquilles rouges, parmi lesquelles on trouve le cône tigré; et dans la Chersonèse cimbrique, qu'on nomme aujourd'hui Jutland, un tas de sable fin mêlé de ces coquilles blanches parmi lesquelles il n'est pas rare de rencontrer la telline-soleil-levant... — Que le diable t'emporte! interrompit saint Nil, qui est d'un naturel impatient. Viens au fait. Voilà un quart d'heure que tu nous fais perdre à écouter des sornettes. Je compte les minutes. » Le diable s'inclina humblement : « Vous comptez les minutes, monseigneur? c'est un noble goût. Vous devez être du Midi; car ceux du Midi sont ingénieux et adonnés aux mathématiques, parce qu'ils sont plus voisins que les autres hommes du cercle des étoiles errantes. » Puis, tout à coup, éclatant en sanglots et se meurtrissant la poitrine du poing : « Hélas! hélas! mes bons princes, j'ai un bien cruel maître. Pour bâtir sa montagne il m'oblige à venir tous les jours, moi vieillard, remplir cette outre de sable au bord de la mer. Il faut que je la porte sur mes épaules. Quand j'ai fait un voyage, je recommence, et cela dure depuis l'aube du jour jusqu'au coucher du soleil. Si je veux me reposer, si je veux dormir, si je succombe à la fatigue, si l'outre n'est pas bien pleine, il me fait fouetter. Hélas! je suis bien misérable et bien battu et bien accablé d'infirmités. Hier, j'avais fait six voyages dans la journée; le soir venu, j'étais si las que je n'ai pu hausser jusqu'à mon dos cette outre que je venais d'emplir; et j'ai passé ici toute la nuit, pleurant à côté de ma charge et épouvanté de la colère de mon maître. Mes seigneurs, mes bons seigneurs, par grâce et par pitié, aidez-moi à mettre ce fardeau sur mes épaules, afin que je puisse m'en retourner auprès de mon maître, car, si je tarde, il me tuera. Ahi! ahi! »

En écoutant cette pathétique harangue, saint Nil, saint Autremoine et saint Jean le Nain se sentirent émus, et saint Médard se mit à pleurer, ce qui causa sur la terre une pluie de quarante jours.

Mais saint Nil dit au démon : « Je ne puis t'aider, mon ami, et j'en ai regret; mais il faudrait mettre la main à cette outre qui est une chose morte, et un verset de la très-sainte Ecriture défend de toucher aux choses mortes sous peine de rester impur. »

Saint Autremoine dit au démon : « Je ne puis t'aider, mon ami, et j'en ai regret; mais je considère que ce serait une bonne action, et les bonnes actions ayant l'inconvénient de pousser à la vanité celui qui les fait, je m'abstiens d'en faire pour conserver l'humilité. »

Saint Jean le Nain dit au démon : « Je ne puis t'aider, mon ami, et j'en ai regret; mais, comme tu vois, je suis si petit que je ne pourrais atteindre à ta ceinture. Comment ferais-je pour te mettre cette charge sur les épaules? »

Saint Médard, tout en larmes, dit au démon : « Je ne puis t'aider, mon ami, et j'en ai regret; mais je suis si ému vraiment, que j'ai les bras cassés. »

Et ils continuèrent leur chemin.

Le diable enrageait. « Voilà des animaux! s'écria-t-il en regardant les saints s'éloigner. Quels vieux pédants! Sont-ils absurdes avec leurs grandes barbes! Ma parole d'honneur, ils sont encore plus bêtes que l'ange! »

Lorsqu'un de nous enrage, il a du moins la ressource d'envoyer au diable celui qui l'irrite. Le diable n'a pas cette douceur. Aussi y a-t-il dans toutes ses colères une pointe qui rentre en lui-même et qui l'exaspère.

Comme il maugréait en fixant son œil plein de flamme et de fureur sur le ciel, son ennemi, voilà qu'il aperçoit dans les nuées un point noir. Ce point grossit, ce point approche; le diable regarde; c'était un homme, — c'était un chevalier armé et casqué, — c'était un chrétien ayant la croix rouge sur la poitrine, — qui tombait des nues.

« Que n'importe qui soit loué! cria le démon en sautant de joie. Je suis sauvé. Voilà mon chrétien qui m'arrive! Je n'ai pas pu venir à bout de quatre saints, mais ce serait bien le diable si je ne venais pas à bout d'un homme.

En ce moment-là, Pécopin, doucement déposé sur le rivage, mettait pied à terre.

Apercevant ce vieillard, lequel était là comme un esclave qui se repose à côté de son fardeau, il marcha vers lui et lui dit : « Qui êtes-vous, l'ami? et où suis-je?

Le diable se prit à geindre piteusement : « Vous êtes au bord de la mer Rouge, monseigneur, et moi je suis le plus malheureux des misérables. » Sur ce, il chanta au chevalier la même antienne qu'aux saints, le suppliant pour conclusion de l'aider à charger cette outre sur son dos.

Pécopin hocha la tête : « Bonhomme, voilà une histoire peu vraisemblable.

— Mon beau seigneur qui tombez du ciel, répondit le diable, la vôtre l'est encore moins, et pourtant elle est vraie.

— C'est juste, dit Pécopin.

— Et puis, reprit le démon, que voulez-vous que j'y fasse? si mes malheurs n'ont pas bonne apparence, est-ce ma faute? Je ne suis qu'un pauvre de besace et d'esprit; je ne sais pas inventer; il faut bien que je compose mes gémissements avec mes aventures et je ne puis mettre dans mon histoire que la vérité. Telle viande, telle soupe.

— J'en conviens, dit Pécopin.

— Et puis enfin, poursuivit le diable, quel mal cela peut-il vous faire, à vous, mon jeune vaillant, d'aider un pauvre vieillard infirme à attacher cette outre sur ses épaules? »

Ceci parut concluant à Pécopin. Il se baissa, souleva de terre l'outre, qui se laissa faire sans difficulté, et, la soutenant entre ses bras, il s'apprêta à la poser sur le dos du vieillard qui se tenait courbé devant lui.

Un moment de plus, et c'était fait.

Le diable a des vices; c'est là ce qui le perd. Il est gourmand. Il eut dans cette minute-là l'idée de joindre l'âme de Pécopin aux autres âmes qu'il allait emporter; mais pour cela il fallait d'abord tuer Pécopin.

Il se mit donc à appeler à voix basse un esprit invisible auquel il commanda quelque chose en paroles obscures.

Tout le monde sait que, lorsque le diable dialogue et converse avec d'autres démons, il parle un jargon moitié italien, moitié espagnol. Il dit aussi çà et là quelques mots latins.

Ceci a été prouvé et clairement établi dans plusieurs rencontres, et en particulier dans le procès du docteur Eugenio Torralva, lequel fut commencé à Valladolid le 10 janvier 1528 et convenablement terminé le 6 mai 1531 par l'auto-da-fé dudit docteur.

Pécopin savait beaucoup de choses. C'était, je vous l'ai dit, un cavalier d'esprit qui était homme à soutenir bravement une vespérie. Il avait des lettres. Il connaissait la langue du diable.

Or, à l'instant où il lui attachait l'outre sur l'épaule, il entendit le petit vieillard courbé dire tout bas : *Bamos, non cierra occhi, verbera, frappa, y echa la piedra.* Ceci fut pour Pécopin comme un éclair.

Un soupçon lui vint. Il leva les yeux, et il vit à une grande hauteur au-dessus de lui une pierre énorme que quelque géant invisible tenait suspendue sur sa tête.

Se rejeter en arrière, toucher de sa main gauche le talisman, saisir de la droite son poignard et en percer l'outre avec une violence et une rapidité formidables, c'est ce que fit Pécopin, comme s'il eût été le tourbillon qui, dans la même seconde, passe, vole, tourne, brille, tonne et foudroie.

Le diable poussa un grand cri. Les âmes délivrées s'enfuirent par l'issue que le poignard de Pécopin venait de leur ouvrir, laissant dans l'outre leurs noirceurs, leurs crimes et leurs méchancetés, monceau hideux, verrue abominable qui, par l'attraction propre au démon, s'incrusta en lui, et, recouverte par la peau velue de l'outre, resta à jamais fixée entre ses deux épaules. C'est depuis ce jour-là qu'Asmodée est bossu.

Cependant, au moment où Pécopin se rejetait en arrière, le géant invisible avait laissé choir sa pierre, qui tomba sur le pied du diable et le lui écrasa. C'est depuis ce jour-là qu'Asmodée est boiteux.

Le diable, comme Dieu, a le tonnerre à ses ordres; mais c'est un affreux tonnerre inférieur qui sort de terre et déracine les arbres. Pécopin sentit le rivage de la mer trembler sous lui et que quelque chose de terrible l'enveloppait; une fumée noire l'aveugla, un bruit effroyable l'assourdit; il lui sembla qu'il était tombé et qu'il roulait rapidement en rasant le sol, comme s'il était une feuille morte chassée par le vent. Il s'évanouit.

VII

Propositions amiables d'un vieux savant retiré dans une cabane de feuillage.

Quand il revint à lui, il entendit une voix douce qui disait : *Phi smâ*, ce qui en langage arabe signifie : il est dans le ciel. Il sentit qu'une main était posée sur sa poitrine, et il entendit une autre voix grave et lente qui répondait : *Lô, lô, machi mouth*, ce qui veut dire : non, non, il n'est pas mort. Il ouvrit les yeux et vit un vieillard et une jeune fille agenouillés près de lui. Le vieillard était noir comme la nuit, il avait une longue barbe blanche tressée en petites nattes à la mode des anciens mages, et il était vêtu d'un grand suaire de soie verte sans plis. La jeune fille était couleur de cuivre rouge, avec de grands yeux de porcelaine et des lèvres de corail. Elle avait des anneaux d'or au nez et aux oreilles. Elle était charmante.

Pécopin n'était plus au bord de la mer. Le souffle de l'enfer, le poussant au hasard, l'avait jeté dans une vallée remplie de rochers et d'arbres d'une forme étrange. Il se leva. Le vieillard et la jeune fille le regardaient avec douceur. Il s'approcha d'un de ces arbres; les feuilles se contractèrent; les branches se retirèrent; les fleurs, qui étaient d'un blanc pâle, devinrent rouges; et tout l'arbre parut en quelque sorte reculer devant lui. Pécopin reconnut l'arbre de la honte et en conclut qu'il avait quitté l'Inde et qu'il était dans le fameux pays de Pudiferan.

Cependant le vieillard lui fit signe. Pécopin le suivit; et quelques instants après le vieillard, la jeune fille et Pécopin étaient tous trois assis sur une natte dans une cabane faite en feuilles de palmier, dont l'intérieur, plein de pierres précieuses de toutes sortes, étincelait comme un brasier ardent.

Le vieillard se tourna vers Pécopin et lui dit en allemand : « Mon fils, je suis l'homme qui sait tout, le grand lapidaire éthiopien, le taleb des Arabes. Je m'appelle Zin-Eddin pour les hommes et Evilmerodach pour les génies. Je suis le premier homme qui ait pénétré dans cette vallée, tu es le deuxième. J'ai passé ma vie à dérober à la nature la science des choses, et à verser aux choses la science de l'âme. Grâce à moi, grâce à mes leçons, grâce aux rayons qui sont tombés depuis cent ans de mes prunelles, dans cette vallée les pierres vivent, les plantes pensent et les animaux savent. C'est moi qui ai enseigné aux bêtes la médecine vraie, qui manque à l'homme. J'ai appris au pélican à se saigner lui-même pour guérir ses petits blessés des vipères, au serpent aveugle à manger du fenouil pour recouvrer la vue, à l'ours attaqué de la cataracte à irriter les abeilles pour se faire piquer les yeux. J'ai apporté aux aigles, lesquelles sont étroites, la pierre œtites qui les fait pondre aisément. Si le geai se purge avec la feuille du laurier, la tortue avec la ciguë, le cerf avec le dictame, le loup avec la mandragore, le sanglier avec le lierre, la tourterelle avec l'herbe helxine; si les chevaux gênés par le sang s'ouvrent eux-mêmes une veine de la cuisse de derrière; si le stellion, à l'époque de la mue, dévore sa peau pour se guérir du mal caduc; si l'hirondelle guérit les ophthalmies de ses petits avec la pierre calidoine qu'elle va chercher au delà des mers; si la belette se munit de la rue quand elle veut combattre la couleuvre, — c'est moi, mon fils, qui le leur ai enseigné. Jusqu'ici je n'ai eu que des animaux pour disciples. J'attendais un homme. Tu es venu. Sois mon fils. Je suis vieux. Je te laisserai ma cabane, mes pierreries, ma vallée et ma science. Tu épouseras ma fille, qui s'appelle Aïssab, et qui est belle. Je t'apprendrai à distinguer le rubis sandastre du chrysolampis, à mettre la mère perle dans un pot de sel et à rallumer le feu des rubis trop mornes en les trempant dans le vinaigre. Chaque jour de vinaigre leur donne un an de beauté. Nous passerons notre vie doucement à ramasser des diamants et à manger des racines. Sois mon fils.

— Merci, vénérable seigneur, dit Pécopin. J'acepte avec joie. »

La nuit venue, il s'enfuit.

VIII

Le chrétien errant.

Il erra longtemps dans les pays. Dire tous les voyages qu'il fit, ce serait raconter le monde. Il marcha pieds nus et en sandales : il monta toutes les montures, l'âne le cheval, le mulet, le chameau, le zèbre, l'onagre et l'éléphant. Il subit toutes les navigations et tous les navires, les vaisseaux ronds de l'Océan et les vaisseaux longs de la Méditerranée, *oneraria et remigia*, galère et galion, frégate et frégaton, felouque, polaque et tartane, barque, barquette et barquerolle. Il se risqua sur les caracores de bois des Indiens de Bantan et sur les chaloupes de cuir de l'Euphrate dont a parlé Hérodote. Il fut battu de tous les vents, du levante-sirocco et du sirocco-mezzogiorno, de la tramontane et de la galerne. Il traversa la Perse, le Pégu, Bramaz, Tagatai, Transiane, Sagistan, l'Hasubi. Il vit le Monomotapa comme Vincent le Blanc, Sofala comme Pedro Ordoñez, Ormus comme le sieur de Fines, les sauvages comme Acosta, et les géants comme Malherbe de Vitré. Il perdit dans le désert quatre doigts du pied, comme Jérôme Costilla. Il se vit dix-sept fois vendu comme Mendez-Pinto, fut forçat comme Texeus, et faillit être eunuque comme Parisol. Il eut le mal des pyans, dont périssent les nègres, le scorbut, qui épouvantait Avicenne, et le mal de mer, auquel Cicéron préféra la mort. Il gravit des montagnes si hautes, qu'arrivé au sommet il vomissait le sang, les flegmes et la colère. Il aborda l'île qu'on rencontre parfois ne la cherchant point, et qu'on ne peut jamais trouver la cherchant, et il vérifia que les habitants de cette ville sont bons chrétiens. En Midelpalie, qui est au nord, il remarqua un château dans un lieu où il n'y en a pas, mais les prestiges du septentrion sont si grands, qu'il ne faut pas s'étonner de cela. Il demeura plusieurs mois chez le roi de Mogor Ekebas, bien vu et caressé de ce prince, de la cour duquel il racontait plus tard tout ce qu'ont depuis couché par écrit les Anglais, les Hollandais et même les pères jésuites. Il devint docte, car il avait les deux maîtres de toute doctrine : voyage et malheur. Il étudia les faunes et les flores de tous les climats. Il observa les vents par les migrations des oiseaux et les courants par les migrations des céphalopodes. Il vit passer dans les régions sous-marines l'ommastrephes sagittatus allant au pôle nord, et l'ommastrephes giganteus allant au pôle sud. Il vit les hommes et les monstres ainsi que l'ancien Grec Ulysse. Il connut toutes les bêtes merveilleuses, le rosmar, le râle noir, le solendguse, les garagians semblables à des aigles de mer, les queues de jonc de l'île de Comore, les capercalzes d'Ecosse, les antenales qui vont par troupes, les alcatrazes grands comme des oies, les moraxos plus grands que les tiburons, les peymones des îles Maldives qui mangent des hommes, le poisson manare qui a une tête de bœuf, l'oiseau claki qui naît de certains bois pourris, le petit saru qui chante mieux que le perroquet, et enfin le boranet, l'animal-plante des pays tartares, qui a une racine en terre et qui broute l'herbe autour de lui. Il tua à la chasse un triton de mer de l'espèce yapiara et il inspira de l'amour à un triton de rivière de l'espèce baëpapina. Un jour étant en l'île de Manar, qui est à deux cents lieues de Goa, il fut appelé par des pêcheurs, lesquels lui montrèrent sept hommes-évêques et neuf sirènes qu'ils avaient pris dans leurs filets. Il entendit le bruit nocturne du forgeron marin, et il mangea des cent cinquante-trois sortes de poissons qu'il y a dans la mer et qui se trouvèrent tous dans le filet des apôtres quand ils pêchèrent par ordre du Seigneur. En Scythie il perça à coups de flèches un griffon auquel les peuples arimaspes faisaient la guerre pour avoir l'or que cette bête gardait. Ces peuples voulurent le faire roi, mais il se sauva. Enfin il manqua naufrager en mainte rencontre, et notamment près du cap Gardafù, que les anciens appelaient Promontorium aromatorum; et à travers tant d'aventures, tant d'erreurs, de fatigues, de prouesses, de travaux et de misères, le brave et fidèle chevalier Pécopin n'avait qu'un but, retrouver l'Allemagne; qu'une espérance, rentrer au Falkenburg; qu'une pensée, revoir Bauldour.

Grâce au talisman de la sultane qu'il portait toujours sur lui, il ne pouvait, on s'en souvient, ni vieillir ni mourir.

Il comptait pourtant tristement les années. A l'époque où il parvint enfin à atteindre le nord du pays de France, cinq ans s'étaient écoulés depuis qu'il n'avait vu Bauldour. Quelquefois il songeait à cela le soir après avoir cheminé depuis l'aube, il s'asseyait sur une pierre au bord de la route et il pleurait.

Puis il se ranimait et prenait courage : « Cinq ans, pensait-il; oui, mais je vais la revoir enfin. Elle avait quinze ans, eh bien, elle en aura vingt! » Ses vêtements étaient en lambeaux sa chaussure était déchirée, ses pieds étaient en sang, mais la force et la joie lui étaient revenues, et il se remettait en marche.

C'est ainsi qu'il parvint jusqu'aux montagnes des Vosges

IX

Où l'on voit à quoi peut s'amuser un nain dans une forêt.

Un soir, après avoir fait route toute la journée dans les rochers, cherchant un passage pour descendre vers le Rhin, il arriva à l'entrée d'un bois de sapins, de frênes et d'érables. Il n'hésita pas à y pénétrer. Il y marchait depuis plus d'une heure quand tout à coup le sentier qu'il suivait se perdit dans une clairière semée de houx, de genévriers et de framboisiers sauvages. A côté de la clairière il y avait un marais. Epuisé de lassitude, mourant de faim et de soif, exténué, il regardait de côté et d'autre, cherchant une chaumière, une charbonnerie ou un feu de pâtre, quand tout à coup une troupe de tadornes passa près de lui en agitant ses ailes et en criant. Pécopin tressaillit en reconnaissant ces étranges oiseaux qui font leurs nids sous terre et que les paysans des Vosges appellent canards-lapins. Il écarta les touffes de houx et vit fleurir et verdoyer de toutes parts dans l'herbe le perce-pierre, l'angélique, l'ellébore et la grande gentiane. Comme il se baissait pour s'en assurer, une coquille de moule tombée sur le gazon frappa son regard. Il la ramassa. C'était une d^ ces moules de la Vologne qui contiennent des perles gros ses comme des pois. Il leva les yeux; un grand-duc planait au-dessus de sa tête

Pécopin commençait à s'inquiéter. On conviendra qu'il y avait de quoi. Ces houx et ces framboisiers, ces tadornes, ces herbes magiques, cette moule, ce grand-duc, tout cela était peu rassurant. Il était donc fort alarmé et se demandait avec angoisse où il était, lorsqu'un chant éloigné parvint jusqu'à lui. Il prêta l'oreille. C'était une voix enrouée, cassée, chagrine, fâcheuse, sourde et criarde à la fois, et voici ce qu'elle chantait :

Mon petit lac engendre, en l'ombre qui l'abrite,
La riante Amphitrite et le noir Neptunus ;
Mon humble étang nourrit, sur des monts inconnus,
L'empereur Neptunus et la reine Amphitrite.

Je suis le nain, grand-père des géants.
Ma goutte d'eau produit deux océans.

Je verse de mes rocs, que n'effleure aucune aile,
Un fleuve bleu pour elle, un fleuve vert pour lui.
J'épanche de ma grotte, où jamais feu n'a lui,
Le fleuve vert pour lui, le fleuve bleu pour elle.

Je suis le nain, grand-père des géants.
Ma goutte d'eau produit deux océans.

Une fine émeraude est dans mon sable jaune.
Un pur saphir se cache en mon humide écrin.
Mon émeraude fond et devient le beau Rhin ;
Mon saphir se dissout, ruisselle et fait le Rhône.

Je suis le nain, grand-père des géants.
Ma goutte d'eau produit deux océans.

Pécopin n'en pouvait plus douter. Pauvre voyageur fatigué, il était dans le fatal *bois des Pas-Perdus*. Ce bois est une grande forêt pleine de labyrinthes, d'énigmes et de dédales où se promène le nain Roulon. Le nain Roulon habite un lac dans les Vosges, au sommet d'une montagne; et parce que de là il envoie un ruisseau au Rhône et un autre ruisseau au Rhin, ce nain fanfaron se dit le père de la Méditerranée et de l'Océan. Son plaisir est d'errer dans la forêt et d'y égarer les passants. Le voyageur qui est entré dans le bois des Pas-Perdus n'en sort jamais.

Cette voix, cette chanson, c'étaient la chanson et la voix du méchant nain Roulon.

Pécopin éperdu se jeta la face contre terre. — Hélas! s'écria-t-il, c'est fini, je ne reverrai jamais Bauldour.

— Si-fait, dit quelqu'un près de lui.

X

Equis canibusque.

Il se redressa ; un vieux seigneur, vêtu d'un habit de chasse magnifique, était debout devant lui à quelques pas. Ce gentilhomme était complétement équipé. Un coutelas à poignée d'or ciselée lui battait la hanche, et à sa ceinture pendait un cor incrusté d'étain et fait de la corne d'un buffle. Il y avait je ne sais quoi d'étrange, de vague et de lumineux dans ce visage pâle qui souriait éclairé de la dernière lueur du crépuscule. Ce vieux chasseur ainsi apparu brusquement dans un pareil lieu, à une pareille heure, vous eût certainement semblé singulier ainsi qu'à moi ; mais dans le bois des Pas-Perdus on ne songe qu'à Roulon ; ce vieillard n'était pas un nain, et cela suffit à Pécopin.

Le bonhomme, d'ailleurs, avait la mine gracieuse, accorte et avenante. Et puis, bien qu'accoutré en déterminé chasseur, il était si vieux, si usé, si courbé, si cassé, avait les mains si ridées et si débiles, les sourcils si blancs et les jambes si amaigries, que c'eût été pitié d'en avoir peur. Son sourire, mieux examiné, était le sourire banal et sans profondeur d'un roi imbécile.

— Que me voulez-vous? demanda Pécopin.

— Te rendre à Bauldour, dit le vieux chasseur toujours souriant.

— Quand?

— Passe seulement une nuit en chasse avec moi.

— Quelle nuit?

— Celle qui commence.

— Et je reverrai Bauldour?

— Quand notre nuit de chasse sera finie, au soleil levant, je te déposerai à la porte du Falkenburg.

— Chasser la nuit?

— Pourquoi pas?

— Mais c'est fort étrange.

— Bah!

— Mais c'est très-fatigant.

— Non.

— Mais vous êtes bien vieux.

— Ne t'inquiète pas de moi.

— Mais je suis las, mais j'ai marché tout le jour, mais je suis mort de faim et de soif, dit Pécopin. Je ne pourrai seulement monter à cheval.

Le vieux seigneur détacha de sa ceinture une gourde damasquinée d'argent qu'il lui présenta.

— Bois ceci.

Pécopin porta avidement la gourde à ses lèvres. A peine avait-il avalé quelques gorgées qu'il se sentit ranimé. Il était jeune, fort, alerte, puissant. Il avait dormi, il avait mangé, il avait bu. — Il lui semblait même par instant qu'il avait trop bu.

— Allons, dit-il, marchons, courons, chassons toute la nuit, je le veux bien; mais je reverrai Bauldour?

— Après cette nuit passée, au soleil levant.

— Et quel garant de votre promesse me donnez-vous?

— Ma présence même. Le secours que je t'apporte. J'aurais pu te laisser mourir ici de faim, de lassitude et de misère, t'abandonner au nain promeneur du lac Roulon; mais j'ai eu pitié de toi.

— Je vous suis, dit Pécopin. C'est dit, au soleil levant, à Falkenburg.

— Holà! vous autres! arrivez! en chasse! cria le vieux seigneur, faisant effort avec sa voix décrépite.

En jetant ce cri vers le taillis, il se retourna, et Pécopin vit qu'il était bossu. Puis il fit quelques pas, et Pécopin vit qu'il était boiteux.

A l'appel du vieux seigneur, une troupe de cavaliers vêtus comme des princes et montés comme des rois, sortit de l'épaisseur du bois.

Ils vinrent se ranger dans un profond silence autour du vieux qui paraissait leur maître. Tous étaient armés de couteaux ou d'épieux; lui seul avait un cor. La nuit était tombée; mais autour des gentilshommes se tenaient debout deux cents valets portant deux cents torches.

— *Ebbene*, dit le maître, *ubi sunt los perros?*

Ce mélange d'italien, de latin et d'espagnol fut désagréable à Pécopin.

Mais le vieux reprit avec impatience : — Les chiens! les chiens!

Il achevait à peine, que d'effroyables aboiements remplissaient la clairière. Une meute venait d'y apparaître.

Une meute admirable, une vraie meute d'empereur. Des valets en jaquettes jaunes et en bas rouges, des estafiers de chenil au visage féroce et des nègres tout nus la tenaient robustement en laisse.

Jamais concile de chiens ne fut plus complet. Il y avait là tous les chiens possibles, accouplés et divisés par grappes et par raquettes, selon les races et les instincts. Le premier groupe se composait de cent dogues d'Angleterre et de cent lévriers d'attache avec douze paires de chiens-tigres et douze paires de chiens-bauds. Le deuxième groupe était entièrement formé de greffiers de Barbarie blancs et marquetés de rouge, braves chiens qui ne s'étonnent pas du bruit, demeurent trois ans dans leur bonté, sont sujets à courir au bétail et servent pour la grande chasse. Le troisième groupe était une légion de chiens de Norwége : chiens fauves, au poil vif tirant sur le roux, avec une tache blanche au front ou au cou, qui sont de bons nez et de grand cœur, et se plaisent au cerf surtout; chiens gris, léopardés sur l'échine, qui ont les jambes de même poil que les pattes d'un lièvre ou cannelées de rouge et de noir. Le choix en était excellent. Il n'y avait pas un bâtard parmi ces chiens. Pécopin, qui s'y connaissait, n'en vit pas parmi les fauves un seul qui fût jaune ou marqué de gris, ni parmi les gris un seul qui fût argenté ou qui eût les pattes fauves. Tous étaient authentiques et bons. Le quatrième groupe était formidable; c'était une cohue épaisse, serrée et profonde de ces puissants dogues noirs de l'abbaye de Saint-Aubert-en-Ardennes, qui ont les jambes courtes et qui ne vont pas vite, mais qui engendrent de si redoutables limiers et qui chassent si furieusement les sangliers, les renards et les bêtes puantes. Comme ceux de Norwége, tous étaient de bonne race et vrais chiens gentilshommes, et avaient évidemment teté près du cœur. Ils avaient la tête moyenne, plutôt longue qu'écrasée, la gueule noire et non rouge, les oreilles vastes, les reins courbés, le râble musculeux, les jambes larges, la cuisse troussée, le jarret droit bien herpé, la queue grosse près des reins et le reste grêlé, le poil de dessous le ventre rude, les ongles forts, le pied sec, en forme de pied de renard. Le cinquième groupe était oriental. Il avait dû coûter des sommes immenses; car on n'y avait mis que des chiens de Palimbotra, qui mordent les taureaux, des chiens de Cintiqui, qui attaquent les lions, et des chiens du Monomotapa, qui font partie de la garde de l'empereur des Indes. Du reste tous, anglais, barbaresques, norwégiens, ardennais et indous, hurlaient abominablement. Un parlement d'hommes n'eût pas fait mieux.

Pécopin était ébloui de cette meute. Tous ses appétits de chasseur se réveillaient.

Cependant elle était un peu venue on ne sait d'où, et il ne pouvait s'empêcher de se dire à lui-même qu'il était singulier qu'aboyant de la sorte on ne l'eût pas entendue avant de la voir.

Le maître-valet qui menait toute cette vénerie était à quelques pas de Pécopin, lui tournant le dos. Pécopin alla à lui pour le questionner, et lui mit la main sur l'épaule; le valet se retourna. Il était masqué.

Cela rendit Pécopin muet. — Il commençait même à se demander fort sérieusement s'il suivrait en effet cette chasse, quand le vieillard l'aborda. — Eh bien, chevalier, que dis-tu de nos chiens?

— Je dis, mon beau sire, que, pour suivre de si terribles chiens, il faudrait de terribles chevaux.

Le vieux, sans répondre, porta à sa bouche un sifflet d'argent, qui était fixé au petit doigt de sa main gauche, précaution d'homme de goût qui est exposé à voir des tragédies, et il siffla.

Au coup de sifflet, un bruit se fit dans les arbres, les assistants se rangèrent, et quatre palefreniers en livrée écarlate surgirent, menant deux chevaux magnifiques. L'un était un beau genet d'Espagne, à l'allure magistrale, à la corne lisse, noirâtre, haute, arrondie, bien creusée, aux paturons courts, entre-droits et lunés, aux bras secs et nerveux, aux genoux décharnés et bien emboîtés. Il avait la jambe d'un beau cerf, la poitrine large et bien ouverte, l'échine grasse, double et tremblante. L'autre était un coureur tartare à la croupe énorme, au corsage long, aux flancs bien unis, au manteau bayardant. Son cou, d'une moyenne arcade, mais pas trop voûté, était revêtu d'une vaste perruque flottante et crépelue; sa queue bien épaisse pendait jusqu'à terre. Il avait la peau du front cousue sur ses yeux gros et étincelants, la bouche grande, les oreilles inquiètes, les naseaux ouverts, l'étoile au front, deux balzans aux jambes, son courage en fleur et l'âge de sept ans. Le premier avait la tête coiffée d'un chanfrein, le poitrail d'armes et la selle de guerre. Le second était moins fièrement, mais plus splendidement harnaché; il portait le mors d'argent, les roses dorées, la bride brodée d'or, la selle royale, la housse de brocart, les houppes pendantes et le panache branlant. L'un trépignait, bravait, ronflait, rongeait son frein, brisait les cailloux et demandait la guerre. L'autre regardait çà et là, cherchait les applaudissements, hennissait gaiement, ne touchait la terre que du bout de l'ongle, faisait le roi et piaffait à merveille. Tous deux étaient noirs comme l'ébène. — Pécopin, les yeux presque effarés d'admiration, contemplait ces deux merveilleuses bêtes.

— Eh bien, dit le seigneur clopinant et toussant, et souriant toujours, lequel prends-tu?

Pécopin n'hésita plus, et sauta sur le genet.

— Es-tu bien en selle? lui cria le vieillard.

— Oui, dit Pécopin.

Alors le vieux éclata de rire, arracha d'une main le harnais, le panache, la selle et le caparaçon du cheval tartare, le saisit de l'autre à la crinière, bondit comme un tigre et enfourcha à cru la superbe bête qui tremblait de tous ses membres; puis, saisissant sa trompe à sa ceinture, il se mit à sonner une fanfare tellement formidable, que Pécopin assourdi crut que cet effrayant vieillard avait le tonnerre dans la poitrine.

XI

A quoi l'on s'expose en montant un cheval qu'on ne connaît pas.

Au bruit de ce cor, la forêt s'éclaira dans ses profondeurs de mille lueurs extraordinaires, des ombres passèrent dans les futaies, des voix lointaines crièrent : — En chasse! La meute aboya, les chevaux reniflèrent et les arbres frissonnèrent comme par un grand vent.

En ce moment-là une cloche fêlée, qui semblait bêler dans les ténèbres, sonna minuit.

Au douzième coup le vieux seigneur emboucha son cor d'ivoire une seconde fois, les valets délièrent la meute, les chiens lâchés partirent comme la poignée de pierres que lance la baliste, les cris et les hurlements redoublèrent, et tous les chasseurs, et tous les piqueurs, et tous les veneurs, et le vieillard, et Pécopin, s'élancèrent au galop.

Galop rude, violent, rapide, étincelant, vertigineux, surnaturel, qui saisit Pécopin, qui l'entraîna, qui l'emporta, qui faisait résonner dans son cerveau tous les pas du cheval comme si son crâne eût été le pavé du chemin, qui l'éblouissait comme un éclair, qui l'enivrait comme une orgie, qui l'exaspérait comme une bataille; galop qui par moments devenait tourbillon, tourbillon qui parfois devenait ouragan.

La forêt était immense, les chasseurs étaient innombrables, les clairières succédaient aux clairières, le vent se lamentait, les broussailles sifflaient, les chiens aboyaient, la colossale silhouette noire d'un énorme cerf à seize andouillers apparaissait par instants à travers les branchages et fuyait dans les pénombres et dans les clartés, le cheval de Pécopin soufflait d'une façon terrible, les arbres se penchaient pour voir passer cette chasse et se renversaient en arrière après l'avoir vue, des fanfares épouvantables éclataient par intervalles, puis elles se taisaient tout à coup, et l'on entendait au loin le cor du vieux chasseur.

Pécopin ne savait où il était. En galopant près d'une ruine ombragée de sapins, parmi lesquels une cascade se précipitait du haut d'un grand mur de porphyre, il crut retrouver le château de Nideck. Puis il vit courir rapidement à sa gauche des montagnes qui lui parurent être les Basses-Vosges; il reconnut successivement à la forme de leurs quatre sommets le Ban-de-la-Roche, le Champ-du-Feu, le Climont et l'Ungersberg. Un moment après il était dans les Hautes-Vosges. En moins d'un quart d'heure son cheval eut traversé le Giromagny, le Rotabac, le Sultz, le Barenkopf, le Graisson, le Bressoir, le Haut-de-Honce, le mont de Lure, la Tête-de-l'Ours, le grand Donon et le grand Ventron. Ces vastes cimes lui apparaissaient pêle-mêle dans les ténèbres, sans ordre et sans lien; on eût dit qu'un géant avait bouleversé la grande chaîne d'Alsace. Il lui semblait par moment distinguer au-dessous de lui les lacs que les Vosges portent sur leurs sommets, comme si ces montagnes eussent passé sous le ventre de son cheval. C'est ainsi qu'il vit son ombre se réfléchir dans le Bain-des-Païens et dans le Saut-des-Cuves, dans le lac Blanc et dans le lac Noir. Mais il la vit comme les hirondelles voient la leur en rasant le miroir des étangs, aussitôt disparue qu'apparue. Cependant, si étrange et si effrénée que fût cette course, il se rassurait en portant la main à son talisman et en songeant qu'après tout il ne s'éloignait pas du Rhin.

Tout à coup une brume épaisse l'enveloppa, les arbres s'y effacèrent, puis s'y perdirent; le bruit de la chasse redoubla dans cette ombre, et son genet d'Espagne se mit à galoper avec une nouvelle furie. Le brouillard était si épais, que Pécopin y distinguait à peine les oreilles de son cheval dressées devant lui. Dans des moments si terribles, ce doit être un grand effort, et c'est à coup sûr un grand mérite que de jeter son âme jusqu'à Dieu et son cœur jusqu'à sa maîtresse. C'est ce que faisait dévotement le brave chevalier. Il songeait donc au bon Dieu et à Bauldour, plus encore peut-être à Bauldour qu'au bon Dieu, quand il lui sembla que la lamentation du vent devenait comme une voix et prononçait distinctement ce mot : *Heimburg;* en ce moment une grosse torche portée par quelque piqueur traversa le brouillard, et, à la clarté de cette torche, Pécopin vit passer au-dessus de sa tête un milan qui était percé d'une flèche et qui volait pourtant. Il voulut regarder cet oiseau, mais son cheval fit un bond, le milan donna un coup d'aile, la torche s'enfonça dans le bois et Pécopin retomba dans la nuit. Quelques instants après le vent parla encore et dit : *Vaugtsberg;* une nouvelle lueur illumina le brouillard, et Pécopin aperçut dans l'ombre un vautour dont l'aile était traversée par un javelot et qui volait pourtant. Il ouvrit les yeux pour voir, il ouvrit la bouche pour crier; mais avant qu'il eût lancé son regard, avant qu'il eût jeté son cri, la lueur, le vautour et le javelot avaient disparu. Son cheval ne s'était pas ralenti une minute et donnait tête baissée dans tous ces fantômes, comme s'il eût été le cheval aveugle du démon Paphos ou le cheval sourd du roi Sisymordachus. Le vent cria une troisième fois, et Pécopin entendit cette voix lugubre de l'air qui disait : *Rheinstein;* un troisième éclair empourpra les arbres dans la brume, et un troisième oiseau passa. C'était un aigle qui avait une sagette dans le ventre et qui volait pourtant. Alors Pécopin se souvint de la chasse du pfalzgraf, où il s'était laissé entraîner, et il frissonna. Mais le galop du genet était si éperdu, les arbres et les objets vagues du paysage nocturne fuyaient si promptement, la vitesse de tout était si prodigieuse autour de Pécopin, que, même en lui, rien ne pouvait s'arrêter. Les apparences et les visions se succédaient si confusément, qu'il ne pouvait même fixer sa pensée à ses tristes souvenirs. Les idées passaient dans sa tête comme le vent. On entendait toujours au loin le bruit de la chasse, et par instant le monstrueux cerf de la nuit bramait dans les halliers.

Peu à peu le brouillard s'était levé. Soudain l'air devint tiède, les arbres changèrent de forme; des chênes-lièges, des pistachiers et des pins d'Alep apparurent dans les rochers; une large lune blanche entourée d'un immense halo éclairait lugubrement les bruyères. Pourtant ce n'était pas jour de lune.

En courant au fond d'un chemin creux, Pécopin se pencha et arracha à la berge une poignée d'herbes. A la lueur de la lune il examina ces plantes et reconnut avec angoisse l'anthylle vulnéraire des Cévennes, la véronique filiforme et la férule commune dont les feuilles hideuses se terminent par des griffes. Une demi-heure après le vent était encore plus chaud; je ne sais quels mirages de la mer remplissaient à de certains moments les intervalles des futaies; il se courba encore une fois sur la berge du chemin et arracha de nouveau les premières plantes que sa main rencontra. Cette fois c'était le cytise argenté de Cette, l'anémone étoilée de Nice, la lavatère maritime de Toulon, le géranium sanguineum des Basses-Pyrénées, si reconnaissable à sa feuille cinq fois palmée, et l'astrantia major dont la fleur est un soleil qui rayonne à travers un anneau comme la planète Saturne. Pécopin vit qu'il s'éloignait du Rhin avec une effroyable rapidité; il avait fait plus de cent lieues entre les deux poignées d'herbes. Il avait traversé les Vosges, il avait traversé les Cévennes, il traversait en ce moment les Pyrénées. — Plutôt la mort, pensa-t-il, et il voulut se jeter en bas de son cheval. Au mouvement qu'il fit pour se désarçonner, il se sentit étreindre les pieds comme par deux mains de fer. Il regarda. Ses étriers l'avaient saisi et le tenaient. C'étaient des étriers vivants.

Les cris lointains, les hennissements et les aboiements faisaient rage; le cor du vieux chasseur, précédant la chasse à une distance effrayante, sonnait des mélodies sinistres; et à travers de grands branchages bleuâtres que le vent secouait, Pécopin voyait les chiens traverser à la nage des étangs pleins de reflets magiques.

Le pauvre chevalier se résigna, ferma les yeux et se laissa emporter.

Une fois il les rouvrit; la chaleur de fournaise d'une nuit tropicale lui frappait le visage; de vagues rugissements de tigres et de chacals arrivaient jusqu'à lui: il entrevit des ruines de pagodes sur le faîte desquelles se tenaient gravement debout, rangés par longues files, des vautours, des philosophes et des cigognes; des arbres d'une forme bizarre prenaient dans les vallées mille attitudes étranges; il reconnut le banyan et le baobab; l'oüénonbouyh sifflait, l'oyra-rameum fredonnait, le petit gonambuch chantait. Pécopin était dans une forêt de l'Inde.

Il ferma les yeux.

Puis il les rouvrit encore. En un quart d'heure aux souffles de l'équateur avait succédé un vent de glace. Le froid était terrible. Le sabot du cheval faisait crier le givre. Les rangifères, les alses et les satyres couraient comme des ombres à travers la brume. L'âpreté des bois et des montagnes était affreuse. Il n'y avait à l'horizon que deux ou trois rochers d'une hauteur immense autour desquels volaient les mouettes et les stercoraires, et à travers d'horribles verdures noires on entrevoyait de grandes vagues blanches auxquelles le ciel jetait des flocons de neige et qui jetaient au ciel des flocons d'écume. Pécopin traversait les mélèzes de la Biarmie, qui sont au cap Nord.

Un moment après la nuit s'épaissit. Pécopin ne vit plus rien, mais il entendit un bruit épouvantable et il reconnut qu'il passait près du gouffre Maelstron, qui est le Tartare des anciens et le nombril de la mer.

Qu'était-ce donc que cette effroyable forêt, qui faisait le tour de la terre?

Le cerf à seize andouillers reparaissait par intervalles, toujours fuyant et toujours poursuivi. Les ombres et les rumeurs se précipitaient pêle-mêle sur sa trace, et le cor du vieux chasseur dominait tout, même le bruit du gouffre Maelstron.

Tout à coup le genet s'arrêta court. Les aboiements cessèrent, tout se tut autour de Pécopin. Le pauvre chevalier, qui depuis plus d'une heure avait refermé les yeux, les rouvrit. Il était devant la façade d'un sombre et colossal édifice dont les fenêtres éclairées semblaient jeter des regards. Cette façade était noire comme un masque et vivante comme un visage.

XII

Description d'un mauvais gîte.

Ce qu'était cet édifice, il serait malaisé de le dire. C'était une maison forte comme une citadelle, une citadelle magnifique comme un palais, un palais menaçant comme une caverne, une caverne muette comme un tombeau.

On n'y entendait aucune voix, on n'y voyait aucune ombre.

Autour de ce château, dont l'immensité avait je ne sais quoi de surnaturel, la forêt s'étendait à perte de vue. Il n'y avait plus de lune sur l'horizon. On n'apercevait au ciel que quelques étoiles qui étaient rouges comme du sang.

Le cheval s'était arrêté au pied d'un perron qui aboutissait à une grande porte fermée. Pécopin regarda à droite et à gauche, et il lui sembla distinguer tout le long de la façade d'autres perrons au bas desquels se tenaient immobiles d'autres cavaliers arrêtés comme lui et qui semblaient attendre en silence.

Pécopin tira son poignard; et il allait heurter du pommeau la balustrade de marbre du perron, quand le cor du vieux chasseur éclata subitement près du château, probablement derrière la façade, puissant, énorme, sonore, assourdissant comme le clairon plein d'orage où souffle le mauvais ange.

Ce cor, dont le bruit courbait visiblement les arbres, chantait dans les ténèbres un effroyable hallali.

Le cor se tut. A peine eut-il fini, que les portes du château s'ouvrirent en dehors à deux battants, comme si un vent intérieur les eût violemment poussées toutes à la fois. Un flot de lumière en sortit.

Le genet monta les degrés du perron, et Pécopin entra dans une vaste salle splendidement illuminée.

Les murailles de cette salle étaient couvertes de tapisseries figurant des sujets tirés de l'histoire romaine. Les entre-deux des lambris étaient revêtus de cyprès et d'ivoire. En haut régnait une galerie pleine de fleurs et d'arbres, et dans un angle, sous une rotonde, on voyait un lieu pour les femmes pavé d'agate. Le reste du pavé était une mosaïque représentant la guerre de Troie.

Du reste, personne; la salle était déserte. Rien de plus sinistre que cette grande clarté dans cette grande solitude.

Le cheval, qui allait de lui-même et dont le pas sonnait gravement sur le pavé, traversa lentement cette première salle et entra dans une seconde chambre, qui était de même illuminée, immense et déserte.

De larges panneaux de cèdre sculpté se développaient autour de cette chambre, et dans ces panneaux un mystérieux artiste avait encadré des tableaux merveilleux incrustés de nacre et d'or. C'étaient des batailles, des chasses, des fêtes représentant des châteaux pleins d'artifices à feu assiégés et pris par des faunes et des sauvages, des joutes et des guerres navales avec toutes sortes de vaisseaux courant sur un océan de turquoises, d'émeraudes et de saphirs, qui imitait admirablement la rondeur de l'eau salée et la tumeur de la mer.

Au-dessous de ces tableaux une frise fouillée du ciseau

le plus fin et le plus magistral figurait, dans les innombrables rapports qu'elles ont entre elles, les trois espèces de créatures terrestres qui contiennent des esprits : les géants, les hommes et les nains; et partout, dans cette œuvre, les géants et les nains humiliaient l'homme, plus petit que les géants et plus bête que les nains.

Le plafond pourtant semblait rendre je ne sais quel malicieux hommage au génie humain. Il était entièrement composé de médaillons accostés dans lesquels brillaient, éclairés d'un feu sombre et coiffés de couronnes de Pluton, les portraits de tous les hommes à qui la terre doit des découvertes réputées utiles, et qui, pour ce motif, sont appelés les *bienfaiteurs de l'humanité*. Chacun était là pour l'invention qu'il a faite. Arabus y était pour la médecine, Dédalus pour les labyrinthes, Pisistrate pour les livres, Aristote pour les bibliothèques, Tubalcaïn pour les enclumes, Architas pour les machines de guerre, Noé pour la navigation, Abraham, pour la géométrie, Moïse pour la trompette, Amphictyon pour la divination des songes, Frédéric Barberousse pour la chasse au faucon, et le sieur Bachou, Lyonnais, pour la quadrature du cercle. Dans les angles de la voûte et dans les pendentifs se groupaient, comme des maîtresses-constellations de ce ciel d'étoiles humaines, force visages illustres : Flavius, qui a trouvé la boussole; Christophe Colomb, qui a découvert l'Amérique; Botargus, qui a imaginé les sauces de cuisine; Mars, qui a inventé la guerre; Faustus, qui a inventé l'imprimerie; le moine Schwartz, qui a inventé la poudre; et le pape Pontian, qui a inventé les cardinaux.

Plusieurs de ces fameux personnages étaient inconnus à Pécopin, par la grande raison qu'ils n'étaient pas encore nés à l'époque où se passe cette histoire.

Le chevalier pénétra ainsi, marchant où le menait le pas

de son cheval, dans une longue enfilade de salles magnifiques. En l'une d'elles il remarqua sur le mur oriental cette inscription en lettres d'or : « Le caoué des Arabes, autrement dit cavé, est une herbe qui croît en abondance dans l'empire du Turc, et qu'on appelle dans l'Inde l'herbe miraculeuse, étant préparée comme il s'ensuit : prenez demi-once de cette herbe que vous mettrez en poudre et ferez infuser dans une pinte d'eau commune trois ou quatre heures; puis vous la faites bouillir de sorte qu'il y ait un tiers de consommé. Buvez-la peu à peu, quasi comme en humant. Les personnes de condition l'adoucissent avec le sucre et l'aromatisent avec l'ambre gris. »

En face, sur le mur occidental, brillait cette autre légende : « Le feu grégeois se fait et excite dans l'eau avec du charbon de saule, du sel, de l'eau-de-vie, du soufre, de la poix, de l'encens et du camphre, lequel même brûle seul dans l'eau sans autre mixtion et consume toute matière. »

Dans une autre salle il n'y avait pour tout ornement que le portrait fort ressemblant de ce laquais qui, au festin de Trimalcion, faisait le tour de la table en chantant d'une voix délicate les sauces où il entre du benjoin.

Partout des torchères, des lustres, des chandelles et des girandoles, reflétés par d'immenses miroirs de cuivre et d'acier, étincelaient dans ces chambres démesurées et opulentes où Pécopin ne rencontra pas un être vivant, et à travers lesquelles il s'avançait, l'œil hagard et l'esprit trouble, seul, inquiet, effaré, plein de ces idées inexprimables et confuses qui viennent aux rêveurs dans le sombre des bois.

Enfin il arriva devant une porte de métail rougeâtre au-dessus de laquelle s'arrondissait, dans un feuillage de pierreries, une grosse pomme d'or, et sur cette pomme il lut ces deux lignes :

ADAM A INVENTÉ LE REPAS,
ÈVE A INVENTÉ LE DESSERT.

XIII

Telle auberge, telle table d'hôte.

Comme il cherchait à approfondir le sens lugubrement ironique de cette inscription, la porte s'ouvrit lentement, le cheval entra, et Pécopin fut comme un homme qui passe brusquement du plein soleil de midi dans une cave. La porte s'était refermée derrière lui, et le lieu dans lequel il venait d'entrer était si ténébreux, qu'au premier moment il se crut aveuglé. Il apercevait seulement à quelque distance une large lueur blême. Peu à peu ses yeux, éblouis par la lumière surnaturelle des antichambres qu'ils venaient de traverser, s'accoutumèrent à l'obscurité, et il commença à distinguer, comme dans une vapeur, les mille piliers monstrueux d'une prodigieuse salle babylonienne. La lueur qui était au milieu de cette salle prit des contours, des formes s'y dessinèrent, et au bout de quelques instants le chevalier vit se développer dans l'ombre, au centre d'une forêt de colonnes torses, une grande table lividement éclairée par un chandelier à sept branches, à la pointe desquelles tremblaient et vacillaient sept flammes bleues.

Au haut bout de cette table, sur un trône d'or vert, était assis un géant d'airain qui était vivant. Ce géant était

Nemrod. A sa droite et à sa gauche siégeaient sur des fauteuils de fer une foule de convives pâles et silencieux, les uns coiffés du bonnet à la mauresque, les autres plus couverts de perles que le roi de Bisnagar.

Pécopin reconnut là tous les fameux chasseurs qui ont laissé trace dans les histoires : le roi Mithrobuzane, le tyran Machanidas, le consul romain Æmilius Barbula II; Rollo, roi de la mer; Zuentibold, l'indigne fils du grand Arnolphe, roi de Lorraine; Haganon, favori de Charles de France; Herbert, comte de Vermandois; Guillaume Tête-d'Etoupe, comte de Poitiers, auteur de l'illustre maison de Rechignevoisin; le pape Vitalianus; Fardulfus, abbé de Saint-Denis; Athelstan, roi d'Angleterre, et Aigrold, roi de Danemark. A côté de Nemrod se tenait accoudé le grand Cyrus, qui fonda l'empire persan deux mille ans avant Jésus-Christ, et qui portait sur sa poitrine ses armoiries, lesquelles sont, comme on sait, de sinople à un lion d'argent sans vilenie, couronné de laurier d'or à une bordure crénelée d'or et de gueules chargée de huit tierces-feuilles à queue d'argent.

Cette table était servie selon l'étiquette impériale, et aux quatre angles il y avait quatre chasseresses distinguées et illustres : la reine Emma, la reine Ogive, mère de Louis d'Outre-mer, la reine Gerberge, et Diane, laquelle, en sa qualité de déesse, avait un dais et un cadenas comme les trois reines.

Aucun de ces convives ne mangeait, aucun ne parlait, aucun ne regardait. Une large place vide au milieu de la nappe semblait attendre qu'on servît le repas, et il n'y avait sur la table que des flacons où étincelaient mille boissons des pays les plus variés, le vin de palme de l'Inde, le vin de riz de Bengala, l'eau distillée de Sumatra, l'arak du Japon, le pamplis des Chinois et le pechmez des

Turcs. Çà et là, dans de vastes cruches de terre richement émaillée, écumait ce breuvage que les Norwégiens appellent wel, les Goths buska, les Carinthiens vo, les Sclavons oll, les Dalmates bieu, les Hongrois ser, les Bohêmes piva, les Polonais pwo, et que nous nommons bière.

Des nègres qui ressemblaient à des démons ou des démons qui ressemblaient à des nègres entouraient la table, debout, muets, la serviette au bras et l'aiguière à la main. Chaque convive avait, comme il convient, son nain à côté de lui. Madame Diane avait son lévrier.

En regardant attentivement dans les profondeurs les plus brumeuses de ce lieu extraordinaire, Pécopin vit que dans l'immensité peut-être sans fond de la salle, sous la forêt de colonnes, il y avait une multitude de spectateurs; tous à cheval comme lui, tous en habit de chasse : ombres par l'obscurité, statues par l'immobilité, spectres par le silence. Parmi les plus rapprochés, il crut reconnaître les cavaliers qui accompagnaient le vieux chasseur dans le bois des Pas-Perdus. Comme je viens de le dire, convives, valets, assistants, gardaient un silence effrayant, et plutôt que d'entendre un souffle sortir de cette foule, on eût entendu chuchoter les pierres d'un tombeau.

Il faisait très-froid dans ces ténèbres. Pécopin était glacé jusque dans les os; cependant il sentait la sueur ruisseler sur tous ses membres.

Tout à coup des jappements retentirent, d'abord lointains, bientôt violents, joyeux et sauvages; puis le cor du vieux chasseur s'y mêla brusquement et se mit à exécuter, avec une splendeur triomphale, un admirable hallali parfaitement étrange et nouveau, qui, retrouvé plusieurs siècles plus tard par Roland de Lattre dans une inspiration nocturne, valut à ce grand musicien, le 6 avril 1574, l'honneur d'être créé par le pape Grégoire XIII chevalier de Saint-Pierre à l'éperon d'or *de numero participantium.*

A ce bruit, Nemrod leva la tête, l'abbé Fardulfus se détourna à demi, et Cyrus, qui s'appuyait sur le coude droit, s'appuya sur le coude gauche.

XIV

Nouvelle manière de tomber de cheval.

Les aboiements et le cor se rapprochèrent; une grande porte, faisant face à celle par où Pécopin était entré, s'ouvrit à deux battants, et le chevalier vit venir dans une longue galerie obscure les deux cents valets porte-flambeaux soutenant sur leurs épaules un immense plat d'or vert dans lequel gisait, au milieu d'une vaste sauce, le cerf aux seize andouillers, rôti, noirâtre et fumant.

En avant des valets, dont les deux cents torches étaient rouges comme braise, marchait le vieux chasseur, son cor de buffle à la main, à cheval sur le coureur tartare inondé d'écume. Il ne soufflait plus dans sa trompe; mais il souriait courtoisement au milieu des hurlements inouïs de la meute qui escortait le cerf, toujours conduite par le piqueur masqué.

Au moment où ce cortége déboucha de la galerie et rentra dans la salle, les torches des valets devinrent bleues et les chiens se turent subitement. Ces effroyables dogues aux gueules de lions et aux rugissements de tigres s'avancèrent à la suite de leur maître, à pas lents, la tête basse, la queue serrée entre les jambes, les reins frissonnants d'une profonde terreur, les yeux suppliants, vers la table où siégeaient les mystérieux convives toujours blêmes, impassibles et mornes comme des faces de marbre.

Arrivé près de la table, le vieux regarda en face les lugubres soupeurs et éclata de rire : « Hombres y mugeres, or çà, vosotros, belle signore, domini et dominæ, amigos mios, comment va la besogne?

— Tu viens bien tard, dit l'homme d'airain.

— C'est que j'avais un ami à qui je voulais faire voir la chasse, répondit le vieillard.

— Oui, répliqua Nemrod, mais regarde. »

En même temps, étendant le pouce de sa main droite par-dessus son épaule de bronze, il désignait derrière lui le fond de la salle. L'œil de Pécopin suivit machinalement l'indication du géant, et il vit au loin se dessiner sur les murailles noires des ogives blanchâtres, comme s'il y eût eu là des fenêtres vaguement frappées par les premières lueurs de l'aube.

« Eh bien! reprit le chasseur, il faut dépêcher. »

Et, sur un signe qu'il leur fit, les deux cents porte-flambeaux, aidés par les nègres, se disposèrent à placer le cerf rôti sur la table, au pied du chandelier à sept branches.

Alors, Pécopin enfonça les éperons dans les flancs du genet, qui lui obéit, chose étrange, peut-être à cause de l'approche du jour, qui affaiblit les sortiléges; il poussa son cheval entre les valets et la table, se dressa debout sur les étriers, mit l'épée à la main, regarda fixement tour à tour les sinistres visages de la grande table et le vieux chasseur et s'écria d'une voix tonnante : « Pardieu! qui que vous soyez, spectres, larves, apparences et visions, empereurs ou démons, je vous défends de faire un pas, ou, par la mort et que Dieu m'aide! je vous apprendrai à tous, même à toi, l'homme de bronze, ce que pèse sur la tête d'un fantôme le soulier de fer d'un chevalier vivant! Je suis dans la caverne des ombres, mais je prétends y faire à ma fantaisie et à ma guise des choses réelles et terribles! ne vous en mêlez pas, mes maîtres! Et toi qui m'as menti, vieux misérable, tu peux bien dégaîner en jeune homme, puisque tu souffles dans ta trompe avec plus de rage qu'un taureau. Mets-toi donc en garde, ou, par la messe! je te coupe les reins à travers le ventre, fusses-tu le roi Pluto en personne!

— Ah! vous voilà, mon cher! dit le vieux. Eh bien! vous allez souper avec nous. »

Le sourire qui accompagnait cette gracieuse invitation exaspéra Pécopin : « En garde, vieux drôle! Ah! tu m'avais fait une promesse et tu m'as trompé!

— Hijo! attends la fin! qu'en sais-tu?

— En garde, te dis-je!

— Ouais! mon bon ami, vous prenez mal les choses.

— Rends-moi Bauldour, tu me l'as promis!

— Qui vous dit que je ne vous la rendrai pas? Mais qu'en ferez-vous quand vous la reverrez?

— Elle est ma fiancée, tu le sais bien, misérable, et je l'épouserai, dit Pécopin.

— Et ce sera probablement avant peu un triste et malheureux couple de plus, répondit le vieux chasseur en hochant la tête. Après tout, bah! qu'est-ce que cela me fait? Il faut que les choses soient ainsi. Le mauvais exemple est donné aux mâles et aux femelles d'ici-bas par le mâle et la femelle de là-haut, le soleil et la lune, qui font un détestable ménage et ne sont jamais ensemble.

— Holà! trêve à la raillerie, cria le chevalier, ou je t'extermine, et j'extermine ces démons et leurs déesses, et j'en purge cette caverne. »

Le vieux répondit avec un rire de bateleur : « Purge, mon ami! voici la formule : séné, rhubarbe, sel d'Epsom. Le séné balaye l'estomac, la rhubarbe nettoie le duodénum, le sel d'Epsom ramone les intestins. »

Pécopin furieux s'élança sur lui l'épée haute ; mais à peine son cheval avait-il fait un pas qu'il le sentit trembler et s'affaisser. Il regarda. Un froid et blanc rayon de jour pénétrait dans l'antre et glissait sur les dalles bleuies. Excepté le vieux chasseur toujours souriant et immobile, tous les assistants commençaient à s'effacer. Le chandelier et les torches se mouraient ; la prunelle des spectres, que la brusque incartade de Pécopin avait un moment ranimée, n'avait plus de regard ; et à travers l'énorme torse d'airain du géant Nemrod, comme à travers une jarre de verre, Pécopin distinguait nettement les piliers du fond de la salle.

Son cheval devenait impalpable et fondait lentement sous lui. Les pieds de Pécopin étaient près de toucher la terre.

Tout à coup un coq chanta. Il y avait je ne sais quoi de terrible dans ce chant clair, métallique et vibrant, qui traversa l'oreille de Pécopin comme une lame d'acier. Au même instant un vent frais passa, son cheval s'évanouit sous lui, il chancela et faillit tomber. Quand il se redressa, tout avait disparu.

Il se trouvait seul, debout sur le sol, l'épée à la main, dans un ravin obstrué de bruyères, à quelques pas d'une eau qui écumait dans des rochers, à la porte d'un vieux château. Le jour naissait. Il leva les yeux et poussa un cri de joie. Ce château, c'était le Falkenburg.

XV

Où l'on voit quelle est la figure de rhétorique dont le bon Dieu use le plus volontiers.

Le coq chanta une seconde fois. Son chant partait de la basse-cour du château. Ce coq, dont la voix venait de faire écrouler autour de Pécopin le palais plein de vertiges des chasseurs nocturnes, avait peut-être cette nuit même becqueté les miettes qui tombaient chaque soir des mains bénies de Bauldour.

O puissance de l'amour! force généreuse du cœur! chaud rayonnement des belles passions et des belles années! A peine Pécopin eut-il revu ces tours bien-aimées que la fraiche et éblouissante image de sa fiancée lui apparut et le remplit de lumière, et qu'il sentit se dissoudre en lui comme une fumée toutes les misères du passé, et les ambassades, et les rois, et les voyages, et les spectres, et l'effrayant gouffre de visions dont il sortait.

Certes, ce n'est pas ainsi, avec la tête haute et le regard enflammé, que le prêtre couronné dont parle le *Speculum historiale* émergea du milieu des fantômes après qu'il eut visité le sombre et splendide intérieur du dragon d'airain. Et puisque cette figure redoutable vient d'apparaître à celui qui raconte ces histoires, il convient de lui jeter une malédiction et d'imposer ici un stigmate à ce faux sage qui avait deux faces, tournées l'une vers la clarté, l'autre vers l'ombre, et qui était à la fois pour Dieu le pape Sylvestre II et pour le diable le magicien Gerbert.

Vis-à-vis les traîtres et les personnages doubles la haine est devoir. Tout Parisien doit en passant une pierre à Périnet Leclerq, tout Espagnol au comte Julien, tout chrétien à Judas, et tout homme à Satan.

Du reste, ne l'oublions pas, Dieu met invariablement le jour à côté de la nuit, le bien auprès du mal, l'ange en face du démon. L'enseignement austère de la Providence résulte de cette éternelle et sublime antithèse. Il semble que Dieu dise sans cesse : Choisissez. Au onzième siècle, en regard du prêtre cabaliste Gerbert, il plaça le chaste et savant Emuldus. Le magicien fut pape, le saint docteur fut médecin. En sorte que les hommes purent voir sous le même ciel, parmi les mêmes événements et à la même époque, la science blanche dans la robe noire et la science noire dans la robe blanche.

Pécopin avait remis son épée au fourreau et marchait à grands pas vers le manoir dont les fenêtres, déjà égayées d'un rayon de soleil, semblaient rendre à l'aube son sourire. Comme il approchait du pont, duquel il ne reste qu'une arche aujourd'hui, il entendit derrière lui une voix qui disait : « Eh bien, chevalier de Sonneck, ai-je tenu ma promesse? »

XVI

Où est traitée la question de savoir si l'on peut reconnaître quelqu'un qu'on ne connaît pas.

Il se retourna. Deux hommes étaient debout dans la bruyère. L'un était le piqueur masqué, et Pécopin frissonna en l'apercevant. Il portait sous son bras un grand portefeuille rouge. L'autre était un vieux petit homme bossu, boiteux et fort laid. C'était lui qui avait parlé à Pécopin, et Pécopin cherchait à se rappeler où il avait vu ce visage.

— Mon gentilhomme, reprit le bossu, tu ne me reconnais donc pas?

— Si fait, dit Pécopin.

— A la bonne heure!

— Vous êtes l'esclave des bords de la mer Rouge.

— Je suis le chasseur du bois des Pas-Perdus, répondit le petit homme.

C'était le diable.

— Sur ma foi, repartit Pécopin, soyez ce qu'il vous plait d'être; mais, puisqu'en somme vous m'avez tenu parole, puisque me voilà à Falkenburg, puisque je vais revoir Bauldour, je suis vôtre, messire, et en toute loyauté je vous remercie.

— Cette nuit tu m'accusais. Que t'ai-je dit?

— Vous m'avez dit : Attends la fin.

— Eh bien, maintenant tu me remercies; et je te dis encore : Attends la fin! Tu te pressais peut-être trop de m'accuser, tu te hâtes peut-être trop de me remercier.

En parlant ainsi, le petit bossu avait un air inexprimable. L'ironie, c'est le visage même du diable. Pécopin tressaillit.

— Que voulez-vous dire?

Le diable lui montra le piqueur masqué : — Reconnais-tu cet homme?

— Oui.

— Le connais-tu?

— Non.

Le piqueur se démasqua : c'était Erilangus. Pécopin se sentit trembler. Le diable continua :

— Pécopin, tu étais mon créancier. Je te devais deux choses : cette bosse et ce pied-bot. Or je suis bon débiteur. Je suis allé trouver ton ancien valet Erilangus pour m'informer de tes goûts. Il m'a conté que tu aimais la chasse. Alors j'ai dit : Ce serait dommage de ne pas faire chasser la chasse noire à ce beau chasseur. Comme le soleil baissait je t'ai rencontré dans une clairière. Tu étais dans le bois des Pas-Perdus. J'arrivais à temps; le nain Roulon t'allait prendre pour lui, je t'ai pris pour moi. Voilà.

Pécopin frémissait involontairement. Le diable ajouta :

— Si tu n'avais eu ton talisman, je t'aurais gardé. Mais j'aime autant que les choses soient comme elles sont. La vengeance se doit assaisonner à diverses sauces.

— Mais enfin que veux-tu dire, démon ? reprit Pécopin avec effort.

Le diable poursuivit :

— Pour récompenser Erilangus de ses renseignements, je l'ai fait mon portefeuille. Il a de bons bénéfices.

— Mauvais drôle, me diras-tu enfin ce que cela signifie? répéta Pécopin.

— Que t'avais-je promis?

— Qu'après cette nuit passée en chasse avec toi, au soleil levant, tu me ramènerais au Falkenburg.

— T'y voici.

— Dis-moi donc, démon, est-ce que Bauldour est morte?

- Non.

— Est-ce qu'elle est mariée?

— Non.

— Est-ce qu'elle a pris le voile?

— Non.

— Est-ce qu'elle n'est plus au Falkenburg?

— Si.

— Est-ce qu'elle ne m'aime plus?

— Toujours.

— En ce cas et si tu dis vrai, s'écria Pécopin respirant comme s'il eût été délivré du poids d'une montagne, qui que tu sois et quoi qu'il arrive, je te remercie.

— Va donc! dit le diable, tu es content et moi aussi.

Cela dit, il saisit Erilangus dans ses bras, quoiqu'il fût petit et qu'Erilangus fût grand; puis, tordant sa jambe difforme autour de l'autre et se dressant sur la pointe du pied, il fit une pirouette, et Pécopin le vit s'enfoncer en terre comme une vrille. Une seconde après il avait disparu.

La terre, en se refermant sur le diable, laissa échapper

une jolie petite lueur violette semée d'étincelles vertes, qui s'en alla gaiement, avec force gambades et cabrioles, jusqu'à la forêt, où elle resta quelque temps arrêtée et comme accrochée dans les arbres, les colorant de mille nuances lumineuses, ainsi que fait l'arc-en-ciel lorsqu'il se mêle à des feuillages.

XVII

Les bagatelles de la porte.

Pécopin haussa les épaules. — Bauldour est vivante, Bauldour est libre, pensa-t-il, et Bauldour m'aime! Que puis-je craindre? Il y avait hier au soir, avant que je rencontrasse ce démon, cinq ans précisément que je l'avais quittée. Eh bien, il y aura cinq ans et un jour! je vais la revoir plus belle que jamais. La femme, c'est le beau sexe; et vingt ans, c'est le bel âge.

Dans ces temps de fidélités robustes, on ne s'étonnait pas de cinq ans.

Tout en monologuant de la sorte, il approchait du château et il reconnaissait avec joie chaque bossage du portail, chaque dent de la herse et chaque clou du pont-levis. Il se sentait heureux et bienvenu. Le seuil de la maison qui nous a vus enfants sourit en nous revoyant hommes comme le visage satisfait d'une mère.

Comme il traversait le pont, il remarqua près de la troisième arche un fort beau chêne dont la tête dépassait de très-haut le parapet. — C'est singulier! se dit-il, il n'y avait point d'arbre là. Puis il se souvint que deux ou trois semaines avant le jour où il avait rencontré la chasse du palatin il avait joué avec Bauldour au jeu des glands et des osselets, en s'accoudant au parapet du pont, et que, précisément à cet endroit, il avait laissé tomber un gland dans le fossé. — Diable! pensa-t-il, le gland s'est fait chêne en cinq ans. Voilà un bon terrain.

Quatre oiseaux perchés dans ce chêne y jasaient à qui mieux mieux ; c'étaient un geai, un merle, une pie et un corbeau. Pécopin y fit à peine attention, non plus qu'à un pigeon qui roucoulait dans un colombier et à une poule qui gloussait dans la basse-cour. Il ne songeait qu'à Bauldour et il se hâtait.

Le soleil étant sur l'horizon, les valets de conciergerie venaient de baisser le pont-levis. Au moment où Pécopin entra sous la porte, il entendit derrière lui un éclat de rire qui semblait venir de très-loin, quoique parfaitement distinct et fort prolongé. Il regarda partout au dehors et ne vit personne. C'était le diable qui riait dans sa caverne.

Il y avait sous la voûte un réservoir d'eau que l'ombre et la réverbération changeaient en miroir. Le chevalier s'y pencha. Après les fatigues de ce long voyage qui lui avait à peine laissé sur le corps quelques haillons, surtout après les secousses de cette nuit de chasse surnaturelle, il s'attendait à avoir effroi de lui-même. Pas du tout. Etait-ce vertu du talisman que lui avait donné la sultane, était-ce effet de l'élixir que le diable lui avait fait boire, il était plus charmant, plus frais, plus jeune et plus reposé que jamais. Ce qui l'étonna surtout, ce fut de se voir couvert de vêtements tout neufs et très-magnifiques. Les idées étaient tellement brouillées dans son cerveau, qu'il ne put se rappeler à quel instant de la nuit on l'avait équipé de la sorte. Il était fort beau ainsi. Il avait l'habit d'un prince et l'air d'un génie.

Tandis qu'il se mirait, un peu surpris, mais fort satisfait et se trouvant à son goût, il entendit un second éclat de rire plus joyeux encore que le premier. Il se retourna et ne vit personne. C'était le diable qui riait dans sa caverne.

Il traversa la cour d'honneur. Les hommes d'armes se penchèrent aux créneaux des murailles; aucun ne le reconnut, et il n'en reconnut aucun. Les servantes à jupons courts qui battaient le linge au bord des lavoirs se retournèrent; aucune ne le reconnut, et il n'en reconnut aucune. Mais il avait si bonne figure, qu'on le laissa passer. Grande mine suppose grand nom.

Il savait son chemin et se dirigea vers la petite tourelle-escalier qui conduisait à la chambre de Bauldour. Tout en franchissant la cour, il lui sembla que les façades du château étaient un peu bien assombries et ridées, et que les lierres qui étaient aux murailles du nord s'étaient démesurément épaissis, et que les vignes qui étaient aux murailles du midi avaient singulièrement grossi. Mais un cœur amoureux s'émerveille-t-il pour quelques pierres noires et quelques feuilles de plus ou de moins?

Quand il arriva à la tourelle, il eut quelque peine à en reconnaître la porte. La voûte de cet escalier était une voûte-quartier de vis suspendue en tour ronde, et au moment où Pécopin était parti du pays, le père de Bauldour venait d'en faire reconstruire l'entrée à neuf avec du beau grès blanc de Heidelberg. Or cette entrée, qui, selon le calcul de Pécopin, était bâtie depuis cinq ans à peine, était maintenant fort brunie et toute refendue et rongée par les herbes, et elle abritait sous sa voussure trois ou quatre nids d'hirondelles. Mais un cœur amoureux s'étonne-t-il pour quelques nids d'hirondelles?

Si les éclairs avaient coutume de monter les escaliers, je leur comparerais Pécopin. En un clin d'œil il fut au cinquième étage, devant la porte du retrait de Bauldour. Cette porte-là du moins n'était ni noircie ni changée; elle était toujours propre, gaie, nette et sans tache, avec ses ferrures luisantes comme l'argent, avec les nœuds de son bois clairs comme la prunelle d'une belle fille, et l'on voyait que c'était bien cette même porte virginale que la jeune châtelaine n'avait jamais manqué de faire laver par ses femmes chaque matin. La clef était à la serrure, comme si Bauldour eût attendu Pécopin.

Il n'avait qu'à poser la main sur cette clef et à entrer. Il s'arrêta. Il était haletant de joie, de tendresse et de bonheur, et un peu aussi d'avoir monté cinq étages. De grandes flammes roses passaient devant ses yeux, et il lui semblait qu'elles rafraîchissaient son front. Un bourdonnement lui remplissait la tête, son cœur battait dans ses tempes.

Quand ce premier moment fut calmé, quand le silence commença à se faire en lui, il écouta. Comment dire ce qui s'émut dans cette pauvre âme ivre d'amour? Il entendit à travers la porte le bruit d'un rouet dans la chambre.

XVIII

Où les esprits graves apprendront quelle est la plus impertinente des métaphores.

A la rigueur, ce pouvait bien ne pas être le rouet de Bauldour; ce n'était peut-être que le rouet d'une de ses femmes : car auprès de sa chambre Bauldour avait son oratoire, où souvent elle passait ses journées. Si elle filait beaucoup, elle priait plus encore. Pécopin se dit bien un peu tout cela; mais il n'en écouta pas moins le rouet avec ravissement. Ce sont là de ces bêtises d'homme qui aime, qu'on fait surtout quand on a un grand esprit et un grand cœur.

Les moments comme celui où se trouvait Pécopin se composent d'extase qui veut attendre et d'impatience qui veut entrer; l'équilibre dure quelques minutes, puis il vient un instant où l'impatience l'emporte. Pécopin tremblant posa enfin la main sur la clef, elle tourna dans la serrure; le pêne céda, la porte s'ouvrit; il entra.

— Ah! pensa-t-il, je me suis trompé, ce n'était pas le rouet de Bauldour.

En effet, il y avait bien dans la chambre quelqu'un qui filait, mais c'était une vieille femme. Une vieille femme, c'est trop peu dire; c'était une vieille fée, car les fées seules atteignent à ces âges fabuleux et à ces décrépitudes séculaires. Or cette duègne paraissait avoir et avait nécessairement plus de cent ans. Figurez-vous, si vous pouvez, une pauvre petite créature humaine ou surhumaine courbée, pliée, cassée, tannée, rouillée, éraillée, écaillée, renfrognée, ratatinée et rechignée ; blanche de sourcils et de cheveux, noire de dents et de lèvres, jaune du reste, maigre, chauve, glabre, terreuse, branlante et hideuse. Et si vous voulez avoir quelque idée de ce visage, où mille rides venaient aboutir à la bouche comme les raies d'une roue au moyeu, imaginez que vous voyez vivre l'insolente métaphore des Latins, *anus*. Cet être vénérable et horrible était assis ou accroupi près de la fenêtre, les yeux baissés sur son rouet et le fuseau à la main comme une Parque.

La bonne dame était probablement fort sourde ; car au bruit que firent la porte en s'ouvrant et Pécopin en entrant elle ne bougea pas.

Cependant le chevalier ôta son infule et son bicoquet, comme il sied devant des personnes d'un si grand âge, et dit en faisant un pas : — Madame la duègne, où est Bauldour ?

La dame centenaire leva les yeux, laissa tomber son fil, trembla de tous ses petits membres, poussa un petit cri, se souleva à demi sur sa chaise, étendit vers Pécopin ses longues mains de squelette, fixa sur lui son œil de larve, et dit avec une voix faible et osseuse qui semblait sortir d'un sépulcre : — O ciel ! chevalier Pécopin, que voulez-vous ? vous faut-il des messes ? O mon Dieu Seigneur ! Chevalier Pécopin, vous êtes donc mort, que voilà votre ombre qui revient ?

— Pardieu ! ma bonne dame, — répondit Pécopin éclatant de rire et parlant très-haut pour que Bauldour l'entendît si elle était dans son oratoire, un peu surpris pourtant que cette duègne sût son nom, — je ne suis pas mort. Ce n'est pas mon ombre qui apparaît; c'est moi qui reviens, s'il vous plaît, moi Pécopin, un bon revenant de chair et d'os. Et je ne veux pas de messes, je veux un baiser de ma fiancée, de Bauldour, que j'aime plus que jamais. Entendez-vous, ma bonne dame!

Comme il achevait ces mots, la vieille se jeta à son cou.

C'était Bauldour.

Hélas, la nuit de chasse du diable avait duré cent ans.

Bauldour n'était pas morte, grâce à Dieu ou au démon; mais, au moment où Pécopin, aussi jeune et plus beau peut-être qu'autrefois, la retrouvait et la revoyait, la pauvre fille avait cent vingt ans et un jour.

XIX

Belles et sages paroles de quatre philosophes à deux pieds ornés de plumes.

Pécopin éperdu s'enfuit. Il se précipita au bas de l'escalier, traversa la cour, poussa la porte, passa le pont, gravit l'escarpement, franchit le ravin, sauta le torrent, troua la broussaille, escalada la montagne et se réfugia dans la forêt de Sonneck. Il courut tout le jour, effaré, épouvanté, désespéré, fou. Il aimait toujours Bauldour, mais il avait horreur de ce spectre. Il ne savait plus où en était son esprit, où en était sa mémoire, où en était son cœur. Le soir venu, voyant qu'il approchait des tours de son château natal, il déchira ses riches vêtements ironiques qui lui venaient du diable, et les jeta dans le profond torrent de Sonneck. Puis il s'arracha les cheveux, et tout à coup il s'aperçut qu'il tenait à la main une poignée de cheveux blancs. Puis voilà que subitement ses genoux tremblèrent, ses reins fléchirent ; il fut obligé de s'appuyer à un arbre, ses mains étaient affreusement ridées. Dans l'égarement de sa douleur, n'ayant plus conscience de ce qu'il faisait, il avait saisi le talisman suspendu à son cou, en avait brisé la chaîne et l'avait jeté au torrent avec ses habits.

Et les paroles de l'esclave de la sultane s'étaient sur-le-champ accomplies. Il venait de vieillir de cent ans en une minute. Le matin il avait perdu ses amours, le soir il perdait sa jeunesse. En ce moment-là, pour la troisième fois dans cette fatale journée, quelqu'un éclata de rire quelque part derrière lui. Il se retourna et ne vit personne. Le diable riait dans sa caverne.

Que faire après ce dernier accablement? il ramassa à terre un cotret oublié par quelque fagotier; et, appuyé sur ce bâton, il marcha péniblement vers son château, qui par bonheur était fort proche. Comme il y arrivait, il vit aux derniers rayons du crépuscule un geai, une pie, un merle et un corbeau qui étaient perchés sur le toit de la porte entre les girouettes et qui semblaient l'attendre. Il entendit une poule qu'il ne voyait pas et qui disait : *Pécopin! Pécopin!* Et il entendit un pigeon qu'il ne voyait pas et qui disait : *Bauldour! Bauldour! Bauldour!* Alors il se souvint de son rêve de Bacharach et des paroles que lui avait adressées jadis — hélas! il y avait cent cinq ans de cela! — le vieillard qui rangeait des souches le long d'un mur : *Sire, pour le jeune homme, le merle siffle, le geai garrule, la pie glapit, le corbeau croasse, le pigeon roucoule, la poule glousse; pour le vieillard, les oiseaux parlent.* Il prêta donc l'oreille, et voici le dialogue qu'il entendit :

LE MERLE.

Enfin, mon beau chasseur, te voilà de retour!

LE GEAI.

Tel qui part pour un an croit partir pour un jour.

LE CORBEAU.

Tu fis la chasse à l'aigle, au milan, au vautour.

LA PIE.

Mieux eût valu la faire au doux oiseau d'amour!

LA POULE.

Pécopin! Pécopin!

LE PIGEON.

Bauldour! Bauldour! Bauldour!

LETTRE XXII

BINGEN.

Un souvenir au peintre Poterlet. — Bingen.—Un peu d'histoire. — Comment les villes se font dans les confluents. — Paysage. — Le Johannisberg. — Le Niederwald. — L'Ehrenfels. — Le Ruppertsberg. — Les ruines de Disibodenberg. — Toutes sortes d'antithèses que le bon Dieu se plaît à faire. — L'auteur dénonce à l'indignation publique l'abominable *restauration* de l'abbaye de Saint-Denis. — Bingen à vol d'oiseau. — Le couplet de Barberousse. — Les poëtes sont des empereurs; il faut bien que de temps en temps les empereurs soient des poëtes. — Chant de Quasimodo chanté sur le Rhin. — Rudesheim. — Eloge senti et littéraire du vent du sud. — Comment on mange à Bingen. — Un gros major et un savant chétif. — Monographie de la table d'hôte. — Monsieur Chose et monsieur Machin. — Le poëte et l'avocat. — Les sagres bleues. — L'auteur défie qui que ce soit de comprendre quoi que ce soit aux vingt dernières lignes de cette lettre.

Mayence, 15 septembre.

Vous me grondez dans votre dernière lettre, mon ami, et vous avez un peu tort et un peu raison. Vous avez tort pour ce qui est de l'église d'Epernay, car je n'ai pas réellement écrit ce que vous croyez avoir lu. Et puis en même temps vous avez raison, car il paraît que je n'ai pas été clair. Vous m'écrivez que vous avez pris des renseignements au sujet de l'église d'Epernay, « que je me suis trompé en l'attribuant à monsieur Poterlet-Galichet, » que « monsieur Poterlet-Galichet, brave, digne et honorable bourgeois d'Epernay, est parfaitement étranger à la construction de l'église, et qu'en outre il y a dans la ville deux hommes fort distingués du nom de Poterlet : un ingénieur de rare mérite et un jeune peintre plein d'avenir. » Je souscris à tout cela ; et j'ai connu moi-même il y a dix ans un jeune et charmant peintre qui s'appelait *Poterlet*, et qui, si la mort ne l'avait enlevé à vingt-cinq ans, serait aujourd'hui un grand talent pour le public, comme il était en 1829 un grand talent pour ses amis. Mais je n'ai pas dit ce que vous me faites dire. Relisez ma lettre, la seconde, je crois ; je n'y attribue pas le moins du monde l'église d'Epernay à monsieur Galichet. Je dis seulement : « Cette église *me fait l'effet* d'avoir été bâtie, » etc. Plaisanterie quelconque qui ne tombe que sur l'église.

Ce petit compte réglé, je reviens d'Epernay à Bingen. La transition est brusque et le pas est large ; mais vous êtes de ces écouteurs intelligents et doux, pénétrés de la nécessité des choses et de la loi des natures, qui accordent aux poëtes les enjambements et aux rêveurs les enjambées.

Bingen est une jolie et belle ville, à la fois blanche et noire, grave comme une ville antique et gaie comme une ville neuve, qui, depuis le consul Drusus jusqu'à l'empereur Charlemagne, depuis l'empereur Charlemagne jusqu'à l'archevêque Willigis, depuis l'archevêque Willigis jusqu'au marchand Montemagno, depuis le marchand Montemagno jusqu'au visionnaire Holzhausen, depuis le visionnaire Holzhausen jusqu'au notaire Fabre, actuellement régnant dans le château de Drusus, s'est peu à peu agglomérée et amoncelée, maison à maison, dans l'Y du Rhin et de la Nahe, comme la rosée s'amasse goutte à goutte dans le calice d'un lis. Passez-moi cette comparaison, qui a le tort d'être fleurie, mais qui a le mérite d'être vraie et qui représente fidèlement, et pour tous les cas possibles, le mode de formation d'une ville dans un confluent.

Tout contribue à faire de Bingen une sorte d'antithèse bâtie au milieu d'un paysage qui est lui-même une antithèse vivante. La ville, pressée à gauche par la rivière, à droite par le fleuve, se développe en forme de triangle autour d'une église gothique adossée à une citadelle romaine. Dans la citadelle, qui date du premier siècle et qui a longtemps servi de repaire aux chevaliers bandits, il y a un jardin de curé; dans l'église, qui est du quinzième siècle, il y a le tombeau d'un docteur quasi-sorcier, ce Barthélemy de Holzhausen, que l'électeur de Mayence eût probablement fait brûler comme devin s'il ne l'avait payé comme astrologue. Du côté de Mayence rayonne, étincelle et verdoie la fameuse plaine-paradis qui ouvre le Rhingau. Du côté de Coblenz les sombres montagnes de Leyen froncent le sourcil. Ici la nature rit comme une belle nymphe étendue toute nue sur l'herbe; là elle menace comme un géant couché.

Mille souvenirs, représentés l'un par une forêt, l'autre par un rocher, l'autre par un édifice, se mêlent et se heurtent dans ce coin du Rhingau. Là-bas ce coteau vert, c'est le joyeux Johannisberg; au pied du Johannisberg, ce redoutable donjon carré qui flanque l'angle de la forte ville de Rudesheim, a servi de tête de pont aux Romains. Au sommet du Niederwald, qui fait face à Bingen, au bord d'une admirable forêt, sur la montagne qui commence maintenant l'encaissement du Rhin, et qui avant les temps historiques en barrait l'entrée, un petit temple à colonnes blanches, pareil à une rotonde de café parisien, se dresse au-dessus du morose et superbe Ehrenfels, construit au douzième siècle par l'archevêque Siegfried, mornes tours qui ont été jadis une formidable citadelle et qui sont aujourd'hui une ruine magnifique. Le joujou domine et humilie la forteresse. De l'autre côté du Rhin, sur le Ruppertsberg, qui regarde le Niederwald, dans les ruines du couvent de Disibodenberg, le puits béni creusé par sainte Hildegarde avoisine l'infâme tour bâtie par Hatto. Les vignes entourent le couvent, les gouffres environnent la tour. Des forgerons se sont établis dans la tour, le bureau des douanes prussiennes s'est installé dans le couvent. Le spectre de Hatto écoute sonner l'enclume, et l'ombre de Hildegarde assiste au plombage des colis.

Par un contraste bizarre, l'émeute de Civilis qui détruisit le pont de Drusus, la guerre du Palatinat qui détruisit le pont de Willigis, les légions de Tutor, les querelles des gaugraves Adolphe de Nassau et Didier d'Isembourg, les Normands en 890, les bourgeois de Creuznach en 1279, l'archevêque Baudouin de Trèves en 1334, la peste en 1349, l'inondation en 1458, le bailli palatin Goler de Ravensberg en 1496, le landgrave Guillaume de Hesse en 1504, la guerre de trente ans, les armées de la Révolution et de l'Empire, toutes les dévastations ont successivement traversé cette plaine heureuse et sereine, tandis que les plus ravissantes figures de la liturgie et de la légende, Gela, Jutta, Liba, Guda ; Gisèle, la douce fille de Brœmser ; Hildegarde, l'amie de saint Bernard ; Hiltrude, la pénitente du pape Eugène, ont habité tour à tour ces sinistres rochers. L'odeur du sang est encore dans la plaine, le parfum des saintes et des belles remplit encore la montagne.

Plus vous examinez ce beau lieu, plus l'antithèse se multiplie sous le regard et sous la pensée. Elle se continue sous mille formes. Au moment où la Nâhe débouche à travers les arches du pont de pierre sur le parapet duquel le lion de Hesse tourne le dos à l'aigle de Prusse, ce qui fait dire aux Hessois qu'il dédaigne et aux Prussiens qu'il a peur, au moment, dis-je, où la Nâhe, qui arrive tranquille et lente du mont Tonnerre, sort de dessous ce pont-limite, le bras vert de bronze du Rhin saisit brusquement la blonde et indolente rivière et la plonge dans le Bingerloch. Ce qui se fait dans le gouffre est l'affaire des dieux. Mais il est certain que jamais Jupiter ne livra naïade plus endormie à fleuve plus violent.

L'église de Bingen est badigeonnée en gris au dehors comme au dedans. Cela est absurde. Pourtant je vous déclare que les abominables restaurations qui se font maintenant en France finiront par me réconcilier avec le badigeon. Pour le dire en passant, je ne connais rien en ce genre de plus déplorable que la restauration de l'abbaye de Saint-Denis, achevée à cette heure, hélas ! et la restauration de Notre-Dame de Paris, ébauchée en ce moment. Je reviendrai quelque jour, soyez-en certain, sur ces deux opérations barbares. Je ne puis me défendre d'un sentiment de honte personnelle quand je songe que la première s'est accomplie à nos portes et que la seconde se fait au centre même de Paris. Nous sommes tous coupables de ce double crime architectural, par notre silence, par notre tolérance, par notre inertie, et c'est sur nous tous contemporains que la postérité fera un jour justement retomber son blâme et son indignation, lorsqu'en présence de deux édifices défigurés, abâtardis, parodiés, mutilés, travestis, déshonorés, méconnaissables, elle nous demandera compte de ces deux admirables basiliques, belles entre les belles églises, illustres entre les illustres monuments, l'une qui était la métropole de la royauté, l'autre qui est la métropole de la France.

Baissons la tête d'avance. De pareilles restaurations équivalent à des démolitions.

Le badigeonnage, lui, se contente d'être stupide. Il n'est pas dévastateur. Il salit, il englue, il souille, il enfarine, il tatoue, il ridiculise, il enlaidit ; il ne détruit pas. Il accommode la pensée de César Césariano ou de Herwyn de Steinbach comme la face de Gautier Garguille ; il lui met un masque de plâtre. Rien de plus. Débarbouillez cette pauvre façade empâtée de blanc, de jaune, ou de rose, ou de gris, vous retrouverez vivant et pur le vénérable visage de l'église.

S'asseoir au haut du Klopp, vers l'heure où le soleil décline, et de là regarder la ville à ses pieds et autour de soi l'immense horizon ; voir les monts se rembrunir, les toits fumer, les ombres s'allonger et les vers de Virgile vivre dans le paysage ; aspirer dans un même souffle le vent des arbres, l'haleine du fleuve, la brise des montagnes et la respiration de la ville, quand l'air est tiède, quand la saison est douce, quand le jour est beau, c'est une sensation intime, exquise, inexprimable, pleine de petites jouissances secrètes voilées par la grandeur du spectacle et la profondeur de la contemplation. Aux fenêtres des mansardes, de jeunes filles chantent les yeux baissés sur leur ouvrage ; les oiseaux babillent gaiement dans les lierres de la ruine, les rues fourmillent de peuple, et ce peuple fait un bruit de travail et de bonheur ; des barques se croisent sur le Rhin, on entend les rames couper la vague, on voit frissonner les voiles ; les colombes volent autour de l'église ; le fleuve miroite, le ciel pâlit ; un rayon de soleil horizontal empourpre au loin la poussière sur la route ducale de Rudesheim à Biberich et fait étinceler de rapides calèches, qui semblent fuir dans un nuage d'or, portées par quatre étoiles. Les laveuses du Rhin étendent leur toile sur les buissons ; les laveuses de la Nâhe battent leur linge, vont et viennent, jambes nues et les pieds mouillés, sur des radeaux formés de troncs de sapins amarrés au bord de l'eau, et rient de quelque touriste qui dessine l'Ehrenfels. La tour des Rats, présente et debout au milieu de cette joie, fume dans l'ombre des montagnes.

Le soleil se couche, le soir vient, la nuit tombe, les toits de la ville ne font plus qu'un seul toit, les monts se massent en un seul tas de ténèbres où s'enfonce et se perd la grande clarté blanche du Rhin. Des brumes de crêpe montent lentement de l'horizon au zénith; le petit dampschiff de Mayence à Bingen vient prendre sa place de nuit le long du quai, vis-à-vis de l'hôtel Victoria; les laveuses, leurs paquets sur la tête, s'en retournent chez elles par les chemins creux; les bruits s'éteignent, les voix se taisent; une dernière lueur rose, qui ressemble au reflet de l'autre monde sur le visage blême d'un mourant, colore encore quelque temps, au faîte de son rocher, l'Ehrenfels, pâle, décrépit et décharné. — Puis elle s'efface, — et alors il semble que la tour de Hatto, presque inaperçue deux heures auparavant, grandit tout à coup et s'empare du paysage. Sa fumée, qui était sombre pendant que le jour rayonnait, rougit maintenant peu à peu aux réverbérations de la forge, et, comme l'âme d'un méchant qui se venge, devient lumineuse à mesure que le ciel devient noir.

J'étais, il y a quelques jours, sur la plate-forme du Klopp, et, pendant que toute cette rêverie s'accomplissait autour de moi, j'avais laissé mon esprit aller je ne sais où, quand une petite croisée s'est subitement ouverte sur un toit au-dessous de mes pieds, une chandelle a brillé, une jeune fille s'est accoudée à la fenêtre, et j'ai entendu une voix claire, fraiche, pure, — la voix de la jeune fille, — chanter ce couplet sur un air lent, plaintif et triste :

Plas mi cavalier frances,
E la dona catalana,

E l'onraz del ginoes,
E la court de castelana,
Lou contaz provencales,
E la danza trevizana,
E lou corps aragones,
La mans a kara d'angles,
E lou donzel de Toscana.

J'ai reconnu les joyeux vers de Frédéric Barberousse, et je ne saurais vous dire quel effet m'a fait, dans cette ruine romaine métamorphosée en villa de notaire, au milieu de l'obscurité, à la lueur de cette chandelle, à deux cents toises de la tour des Rats, changée en serrurerie, à quatre pas de l'hôtel Victoria, à dix pas d'un bateau à vapeur omnibus, cette poésie d'empereur devenue poésie populaire, ce chant de chevalier devenu chanson de jeune fille, ces rimes romanes accentuées par une bouche allemande, cette gaieté du temps passé transformée en mélancolie, ce vif rayon des croisades perçant l'ombre d'à présent et jetant brusquement sa lumière jusqu'à moi, pauvre rêveur effaré.

Au reste, puisque je vous parle ici des musiques qu'il m'est arrivé d'entendre sur les bords du Rhin, pourquoi ne vous dirais-je pas qu'à Braubach, au moment où notre dampschiff stationnait devant le port pour le débarquement des voyageurs, des étudiants, assis sur le tronc d'un sapin détaché de quelque radeau de la Murg, chantaient en chœur, avec des paroles allemandes, cet admirable air de Quasimodo, qui est une des beautés les plus vives et les plus originales de l'opéra de mademoiselle Bertin? L'avenir, n'en doutez pas, mon ami, remettra à sa place ce sévère et remarquable opéra, déchiré à son apparition avec tant de violence et proscrit avec tant d'injustice. Le public, trop souvent abusé par les tumultes haineux qui se font autour de toutes les grandes œuvres, voudra enfin reviser le jugement passionné fulminé unanimement par les partis politiques, les rivalités musicales et les coteries littéraires, et saura admirer un jour cette douce et profonde musique, si pathétique et si forte, si gracieuse par endroits, si douloureuse par moments; création où se mêlent, pour ainsi dire dans chaque note, ce qu'il y a de plus tendre et ce qu'il y a de plus grave, le cœur d'une femme et l'esprit d'un penseur. L'Allemagne lui rend déjà justice, la France la lui rendra bientôt.

Comme je me défie un peu des curiosités locales exploitées, je n'ai pas été voir, je vous l'avoue, la miraculeuse corne de bœuf, ni le lit nuptial, ni la chaîne de fer du vieux Brœmser. En revanche j'ai visité le donjon carré de Rudesheim, habité à cette heure par un maître intelligent qui a compris que cette ruine devait garder son air de masure pour garder son air de palais. Les logis sont comme les gentilshommes, d'autant plus nobles qu'ils sont plus anciens. L'admirable manoir que ce donjon carré! Des caves romaines, des murailles romanes, une salle des Chevaliers, dont la table est éclairée d'une lampe fleuronnée pareille à celle du tombeau de Charlemagne, des vitraux de la renaissance, des molosses presque homériques qui aboient dans la cour, des lanternes de fer du treizième siècle accrochées au mur, d'étroits escaliers à vis, des oubliettes dont l'abîme effraye, des urnes sépulcrales rangées dans une espèce d'ossuaire, tout un ensemble de choses noires et terribles, au sommet duquel s'épanouit une énorme touffe de verdure et de fleurs. Ce sont les mille végétations de la ruine que le propriétaire actuel, homme de vrai goût, entretient, épaissit et cultive. Cela forme une terrasse odorante et touffue, d'où l'on contemple les magnificences du Rhin. Il y a des allées dans ce monstrueux bouquet, et l'on s'y promène. De loin, c'est une couronne, de près, c'est un jardin.

Les coteaux de Johannisberg abritent ce vénérable donjon et le protégent contre le nord. Le vent tiéde du midi y entre par les fenêtres ouvertes sur le Rhin. Je ne connais pas de souffle plus charmant et de vent plus littéraire que le vent du sud. Il fait germer dans la tête des idées riantes, profondes, sérieuses et nobles. En réchauffant le corps il semble qu'il éclaire l'esprit. Les Athéniens, qui s'y connaissaient, ont exprimé cette pensée dans une de leurs plus ingénieuses sculptures. Dans les bas-reliefs de la tour des Vents, les vents glacés sont hideux et poilus, et ont l'air stupide, et sont vêtus comme des barbares; les vents doux et chauds sont habillés comme des philosophes grecs.

A Bingen, je voyais quelquefois à l'extrémité de la salle où je dînais deux tables fort différemment servies. A l'une était assis, tout seul, un gros major bavarois, parlant un peu français, lequel regardait tous les jours passer devant lui, sans presque y toucher, un vrai dîner allemand complet à cinq services. A l'autre table s'accoudait mélancoliquement devant un plat de choucroute un pauvre diable, qui, aprés avoir mangé sa maigre pitance, achevait de dîner en dévorant des yeux le festin pantagruélique de son voisin. Je n'ai jamais mieux compris qu'en présence de cette vivante parabole le mot de d'Ablancourt : *La Providence met volontiers l'argent d'un côté et l'appétit de l'autre.*

Le pauvre diable était un jeune savant, pâle, sérieux et chevelu, fort épris d'entomologie et un peu amoureux d'une servante de l'auberge, ce qui est un goût de savant. Du reste un savant amoureux est un problème pour moi. Comment se comporte la passion, avec ses soubresauts, ses colères, sa jalousie et son temps perdu, au milieu de ce calme enchainement d'études exactes, d'expérimentations froides et d'observations minutieuses qui compose la vie du savant? Vous représentez-vous, par exemple, de quelle façon pouvait être amoureux le docte Huxham, qui dans son beau traité *de Aere et Morbis epidemicis*, a consigné, mois par mois, de 1724 à 1746, les quantités de pluie tombées à Plymouth pendant vingt-deux années consécutives?

Vous figurez-vous Roméo, l'œil au microscope, comptant les dix-sept mille facettes de l'œil d'une mouche; don Juan, en tablier de serge, analysant le paratartrate d'antimoine et le paratartrovinate de potasse; et Othello, courbé sur une lentille de premier grossissement, cherchant des gaillonnelles et des gomphonèmes dans la farine fossile des Chinois?

Quoi qu'il en soit, en dépit de toute théorie contraire, mon entomologiste était amoureux. Il causait parfois, parlait français mieux que le major, et avait un assez beau système du monde, mais il n'avait pas le sou.

J'aime les systèmes, quoique j'y croie peu. Descartes rêve, Huyghens modifie les rêveries de Descartes, Mariotte modifie les modifications de Huyghens. Où Descartes voit des étoiles, Huyghens voit des globules et Mariotte voit des aiguilles. Qu'y a-t-il de prouvé dans tout cela? Rien que la brièveté de l'homme et la grandeur de Dieu.

C'est quelque chose.

Après tout, je le dis, j'aime les systèmes. Les systèmes sont les échelles au moyen desquelles on monte à la vérité.

Quelquefois mon jeune savant venait boire une bouteille de bière à l'heure de la table d'hôte; je prenais un journal, je m'asseyais dans l'embrasure d'une croisée et je l'observais. La table d'hôte de l'hôtel Victoria était fort mêlée et fort peu harmonieuse, comme tout ce que le hasard fait par juxtaposition. Il y avait au haut bout une assez vieille dame anglaise avec trois jolis enfants.

Une duègue plutôt qu'une nourrice; une tante plutôt qu'une mère. Je plaignais fort les pauvres petits. La main de la bonne dame était un magasin de tapes. Le major dînait quelquefois à côté de la dame pour se mettre en appétit. Il causait avec un avocat parisien en vacances, lequel allait à Bade *parce que*, disait-il, *il faut bien y aller, tout le monde y va.* Près de l'avocat s'asseyait un noble et digne gentilhomme à cheveux blancs, plus qu'octogénaire, qui avait cet air doux que donne l'approche de la tombe et qui citait volontiers des vers d'Horace. Comme il n'avait pas de dents, le mot *mors* dans sa prononciation se changeait en *mox* : ce qui dans cette bouche de vieillard avait un sens mélancolique.

En face du vieillard se posait un monsieur qui faisait des vers français et qui lut un jour à ses voisins, après boire, un dithyrambe en vers libres sur la Hollande, où il parlait pompeusement des harangues qui sortent de la mer. Des harangues dans la mer! J'avoue que, pour ma part, je n'y aurais guère trouvé que des harengs.

Le tout était complété par deux gros marchands alsaciens, enrichis par la contrebande des peaux de belettes, qui sont aujourd'hui électeurs et jurés et qui fumaient leurs pipes tout en se racontant l'un à l'autre des histoires toujours les mêmes. Quand ils les avaient finies ils les recommençaient. Comme ils avaient invariablement oublié le nom des personnages dont ils parlaient, l'un disait *M. Chose*, et l'autre *M. Machine*. Ils se comprenaient.

Le faiseur de vers, — le poëte, si vous voulez, — était un gaillard classique, philosophe, constitutionnel, ironique et voltairien, qui se plaisait à *saper*, comme il disait, *les préjugés*, c'est-à-dire à insulter, tout en répétant des lieux communs contre des vieilleries, beaucoup de choses graves, mystérieuses et saintes que les hommes respectent. Il aimait à *donner*, c'était son expression, *de grands coups de lance dans les erreurs humaines;* et, quoiqu'il ne lui arrivât jamais d'attaquer les véritables moulins à vent du siècle, il s'appelait lui-même dans ses gaietés *don Quichotte*. Je l'appelais *don Quichoque.*

Quelquefois le poëte et l'avocat, bien que faits pour s'entendre, se querellaient. Le poëte, pour compléter son portrait, était une intelligence inintelligible, un esprit trouble en tout, un de ces hommes empêchés qui bredouillent en parlant et qui griffonnent en écrivant. L'avocat l'écrasait de sa supériorité. Parfois le poëte s'emportait et fâchait l'autre. Alors l'avocat irrité parlait deux heures durant avec une éloquence claire, limpide, coulante, transparente, intarissable, comme parle le robinet de ma fontaine quand il a mis son bonnet de travers.

Sur ce, l'entomologiste, qui avait de l'esprit, s'amusait à son tour à écraser l'avocat. Il parlait sérieusement bien, se faisait admirer de la cantonnade, et regardait de temps en temps de côté si la jolie maritorne l'écoutait.

Il avait un jour fort pertinemment péroré à propos de vertu, de résignation et de renoncement; mais il n'avait pas mangé. Or c'est un maigre souper que la philosophie quand on n'a rien à mettre dessus. Je l'invitai à dîner, et, quoiqu'il eût à peine pu deviner, aux deux ou trois mots que j'avais prononcés, de quel pays j'étais, il voulut bien accepter. Nous causâmes. Il me prit en amitié, et nous fîmes dans l'île des Rats et sur la rive droite du Rhin quelques excursions ensemble. Je payais le batelier.

Un soir, comme nous revenions de la tour de Hatto, je le priai de souper avec moi. Le major était à table. Mon docte compagnon avait pris dans l'île un beau scarabée à cuirasse d'azur, et, tout en me le montrant, il s'avisa de me dire : *Rien n'est beau comme les sagres bleues.* Sur ce, le major, qui écoutait, ne put s'empêcher de l'interrompre : — *Pardieu, monsieur!* fit-il, *les sacrebleu ont du bon parfois pour faire marcher les soldats et les chevaux, mais je ne vois pas ce qu'ils ont de beau.*

Voilà toutes mes aventures à Bingen. Du reste, quoique cette ville ne soit pas grande, c'est une de celles où s'épanche le plus largement, du commissionnaire au batelier, du batelier au cicerone, du cicerone à la servante, de la servante au valet d'auberge, cette cascade de pourboires que je vous ai décrite ailleurs, et au bas de laquelle la bourse de l'infortuné voyageur arrive parfaitement exterminée, aplatie et vide.

A propos, depuis Bacharach je suis sorti des thalers, des silbergrossen et des pfennings, et je suis entré dans les florins et les kreutzers. L'obscurité redouble. Voici, pour peu qu'on se hasarde dans une boutique, comment on dialogue avec les marchands : « Combien ceci ? » Le marchand répond : « Monsieur, un florin cinquante-trois kreutzers. — Expliquez-vous plus clairement. — Monsieur, cela fait un thaler et deux gros et dix-huit pfennings de Prusse. — Pardon, je ne comprends pas encore. Et en argent de France ? — Monsieur, un florin vaut deux francs trois sous et un centime ; un thaler de Prusse vaut trois francs trois quarts ; un silbergrossen vaut deux sous et demi ; un kreutzer vaut les trois quarts d'un sou ; un pfenning vaut les trois quarts d'un liard. » Alors je réponds comme le don César que vous savez : *C'est parfaitement clair*, et j'ouvre ma bourse au hasard, me fiant à la vieille honnêteté qui est probablement cet autel des Ubiens dont parle Tacite. *Ara Ubiorum.*

Les ténèbres se compliquent de la prononciation. *Kreutzer* se prononce chez les Hessois *creusse*, chez les Badois *criche* et en Suisse *cruche*.

TABLE.

LETTRE XVIII.	Bacharah	1
LETTRE XIX.	Feuer! Feuer!	8
LETTRE XX.	De Lorch à Bingen	299
LETTRE XXI.	Légende du beau Pécopin et de la belle Bauldour	66
LETTRE XXII.	Bingen	143

Ch. Lahure, imprimeur du Sénat et de la Cour de Cassation,
rue de Vaugirard, 9, près de l'Odéon,

TYPOGRAPHIE DE CH. LAHURE
Imprimeur du Sénat et de la Cour de Cassation
rue de Vaugirard, 9

www.ingramcontent.com/pod-product-compliance
Ingram Content Group UK Ltd.
Pitfield, Milton Keynes, MK11 3LW, UK
UKHW031853260826
14628UKWH00002B/746

9 782019 127121